Entre devoir et passion

W0414669

JULIEANNE HOWELLS

# Entre devoir et passion

*Traduction française de*
JEAN-BAPTISTE ANDRÉ

AZUR

HARLEQUIN

*Collection :* Azur

*Titre original :*
STRANDED WITH HIS RUNAWAY BRIDE

© 2022, Julieanne Howells.
© 2023, HarperCollins France pour la traduction française.

Ce livre est publié avec l'autorisation de HARLEQUIN BOOKS S.A.

Tous droits réservés, y compris le droit de reproduction de tout ou partie de l'ouvrage, sous quelque forme que ce soit.
Toute représentation ou reproduction, par quelque procédé que ce soit, constituerait une contrefaçon sanctionnée par les articles 425 et suivants du Code pénal.

Si vous achetez ce livre privé de tout ou partie de sa couverture, nous vous signalons qu'il est en vente irrégulière. Il est considéré comme « invendu » et l'éditeur comme l'auteur n'ont reçu aucun paiement pour ce livre « détérioré ».

Cette œuvre est une œuvre de fiction. Les noms propres, les personnages, les lieux, les intrigues sont soit le fruit de l'imagination de l'auteur, soit utilisés dans le cadre d'une œuvre de fiction. Toute ressemblance avec des personnes réelles, vivantes ou décédées, des entreprises, des événements ou des lieux serait une pure coïncidence.

Le visuel de couverture est reproduit avec l'autorisation de :

© 2021 INARA PRUSAKOVA/SHUTTERSTOCK/ROYALTY FREE

*Tous droits réservés.*

**HARPERCOLLINS FRANCE**
83-85, boulevard Vincent-Auriol, 75646 PARIS CEDEX 13
Service Lectrices — Tél. : 01 45 82 47 47 - www.harlequin.fr
ISBN 978-2-2804-8930-0 — ISSN 0993-4448

Composé et édité par HarperCollins France.
Imprimé en mai 2023 par CPI Black Print (Barcelone)
en utilisant 100% d'électricité renouvelable.
Dépôt légal : juin 2023.

FSC
www.fsc.org
MIXTE
Papier issu de sources responsables
FSC® C159065

Pour limiter l'empreinte environnementale de ses livres, HarperCollins France s'engage à n'utiliser que du papier fabriqué à partir de bois provenant de forêts gérées durablement et de manière responsable.

# 1.

La cathédrale Saint-Pierre, en ce jour de fête, resplendissait. Sous ses voûtes baroques, seule l'élégance des invités éclipsait les spectaculaires arrangements floraux. La moitié des têtes couronnées d'Europe était présente aux côtés de présidents, de premiers ministres, et bien entendu des dignitaires de la principauté de Grimentz, tous venus assister au mariage de son dirigeant.

Le dirigeant en question, Son Altesse Sérénissime le prince Léopold Friedrich von Frohburg, attendait le début de la cérémonie dans la sacristie. Il fut donc désagréablement surpris du message que son cousin lui glissa à l'oreille.

— Il semble que ta fiancée ait pris ses jambes à son cou.

Stupéfait, Léo s'arracha aux mains attentives de son majordome, qui procédait à quelques derniers ajustements devant le miroir.

— Il serait plus juste de dire que la princesse Violetta s'est envolée, renchérit Sébastien, d'un ton amusé qui contrastait avec la gravité de la nouvelle. Elle était dans sa chambre au château et dans la seconde d'après... *pouf* ! s'exclama-t-il avec un claquement de doigts.

Léo posa un regard furieux sur son cousin. Le prince Sébastien de Frohburg était bien le seul à pouvoir se permettre de lui parler de cette façon.

— Une jeune femme en robe de mariée, avec sur

la tête la très précieuse tiare Elisabetha, s'est envolée ? demanda-t-il en grinçant des dents.

— Exactement.

— Qui a permis une telle chose ?

— Euh, toi ? ironisa son cousin.

*Apprends à la connaître*, lui avait conseillé Seb. *Séduis-la. Ne prends pas de risque, si tu ne veux pas avoir les mêmes problèmes qu'avec la précédente.*

Furieux, Léo ignora le sous-entendu. On lui avait pourtant assuré que Violetta, contrairement à sa sœur, était sûre, attachée à la tradition. Rien dans son comportement, durant les quelques soirées qu'ils avaient passées ensemble, n'avait laissé supposer un tel coup de théâtre. Violetta n'était pas censée répéter les exploits de sa sœur, qui s'était enfuie un mois à peine avant son mariage. Et avec un garde du corps, pour couronner le tout !

Bien sûr, l'opprobre était retombé sur sa famille à elle – les Frohburg y avaient veillé. Aucune femme ne salirait leur réputation. Encore moins une Della Torre, la famille qui leur pourrissait l'existence depuis près de quatre cents ans.

Le duché des Della Torre faisait face à celui de Grimentz – seule une rivière les séparait. Ils n'avaient pas d'héritier masculin, ce qui signifiait que Léo réunirait leurs deux pays en épousant la future grande-duchesse. Une forme de coup d'État pacifique, après des siècles d'amères querelles. C'était dans cette optique que Léo avait accepté de donner sa chance à la seconde sœur.

L'oncle et régent de la cadette lui avait assuré qu'il ne courait aucun risque. Violetta n'était pas rebelle pour un sou. Léo s'était contenté de cette information pour donner son aval à l'opération. Il s'agissait juste de remplacer une sœur par une autre. Bien entendu, il avait fait procéder à des vérifications discrètes, mais ses informateurs avaient confirmé que la jeune femme était fiable.

Les rares fois où ils s'étaient croisés, avant le mariage, ne lui avaient pas donné le moindre motif d'inquiétude. Violetta lui avait paru effacée, presque timide. Elle ne semblait pas nourrir d'illusions romantiques, ou s'imaginer que leur union serait autre chose qu'un contrat. Et, si elle n'était peut-être pas aussi spectaculairement séduisante que son aînée, elle dégageait un charme indéniable. Il ne doutait pas de pouvoir faire son devoir conjugal, et offrir à son peuple un héritier.

Autant de projets qui, pour le moment, tombaient à l'eau. Rêvait-il ? Pour la seconde fois, sa fiancée lui posait un lapin ? L'humiliation lui donnait des aigreurs d'estomac.

— Elle était seule ? demanda-t-il.

— Apparemment, oui. Sa fuite semble être une décision de dernière minute. Ses dames de compagnie venaient de la quitter, et son oncle n'était pas encore arrivé pour la conduire à la cathédrale. Elle a profité de cet intervalle de dix minutes.

Sourcils froncés, Sébastien tira son téléphone de sa poche, lut un message qui venait d'arriver et ajouta :

— Intéressant. L'un des fleuristes rapporte la disparition de son camion, qu'il avait laissé dans la cour du château.

— Formidable. Elle est donc motorisée.

— On dirait. Mais où irait-elle ? Elle connaît à peine le pays.

Mais, bien sûr, Violetta connaissait un lieu en particulier, se rappela Léo. Un endroit qu'il avait espéré ne pas revoir de sitôt.

D'un pas décidé, il se dirigea vers la sortie latérale de la cathédrale, protégée des regards indiscrets. Sébastien le suivit, chargé de limiter la casse maintenant que son rôle de témoin n'était plus d'actualité.

— Fais publier un communiqué annonçant qu'elle est malade, ordonna Léo. Le mariage est reporté. La jeune fiancée ne veut pas qu'une méchante diarrhée vienne gâcher sa journée.

Seb fit la grimace.

— Tu es sûr que tu veux que le public se représente ta fiancée coincée dans les toilettes ? La presse va s'en donner à cœur joie.

— Ce n'est pas mon problème. Elle n'avait qu'à pas partir. Elle n'est plus sous ma protection. Fais-moi apporter une voiture. Rapide.

Quelques instants plus tard, une Ferrari rouge apparut – la voiture préférée de son cousin. Seb avait insisté pour conduire Léo à la cathédrale dans son bolide, et ce dernier avait accepté pour lui faire plaisir. La foule avait semblé apprécier leur arrivée tonitruante, une heure plus tôt.

Léo aurait préféré un véhicule plus discret, mais celui-ci aurait le mérite de rattraper l'avance de sa fiancée. Elle était partie vingt minutes plus tôt. Si elle allait où il le pensait, la Ferrari lui permettrait de s'y rendre avant tout le monde. D'un mouvement leste, il s'installa au volant.

— Que veux-tu que je fasse de tous ces gens ? s'enquit Sébastien, désignant la cathédrale derrière lui.

— Tu es supposé être le charmeur de la famille. Tu trouveras quelque chose. Et dis au personnel du château qu'ils auront un bonus pour leur silence. Si quelqu'un parle, sa famille et lui seront exclus à vie de la principauté.

— Nous avons le droit de faire ça ? demanda son cousin, visiblement surpris.

— Maintenant, oui, à cause d'*elle*.

— Puis-je savoir où tu vas ?

— Au château de grand-mère. Violetta y a passé tous ses étés jusqu'à il y a quatre ans.

— Mais tu l'as fait fermer.

— C'est donc un lieu de choix pour s'y cacher, tu ne crois pas ?

— Attends une minute, reprit son cousin en fronçant les sourcils, ce n'est pas l'endroit précis où…

— Si, coupa Léo. Et je n'ai pas l'intention que l'histoire se répète.

Il claqua la portière, puis ouvrit la fenêtre pour lancer ses dernières instructions.

— Donne la suite bleue à l'archevêque. Je compte ramener cette fille avant minuit, et il nous mariera dans la chapelle. Tu seras témoin, pas besoin d'une grande cérémonie.

— Tu es tellement sûr de pouvoir la convaincre de revenir ?

— Violetta n'est pas comme sa sœur. Elle a sans doute paniqué. Elle a tout à gagner à m'épouser. Il me suffira simplement de lui expliquer calmement les choses.

— Oh ! tu devrais commencer comme ça, je suis sûr qu'elle va te tomber dans les bras, ironisa Seb.

— Nous sommes à deux doigts de reprendre le grand-duché, gronda Léo. Je ne la laisserai pas tout gâcher. Personne, pas même mon père, n'a été si près de réussir.

Puis Léo écrasa l'accélérateur, traversa l'enclos de la cathédrale et s'engagea dans les ruelles fermées à la circulation du public. Quittant la capitale, il prit la direction du nord. Sa destination se trouvait à une trentaine de kilomètres de la frontière du pays, là où Grimentz succombait aux montagnes.

En contrebas de la route, le lac Sérénité apparut bientôt, scintillant sous le soleil. Quelle ironie ! Le nom convenait mal à un lac qui divisait deux familles ennemies depuis quatre siècles. Et c'était précisément à cette querelle stérile que son mariage aurait dû mettre fin.

De l'autre côté des eaux lisses du lac Sérénité, le

grand-duché de San Nicolo s'accrochait à la montagne, entouré de pentes vertes et de vignobles. Il n'était pas riche comme Grimentz. San Nicolo n'était pas une plate-forme financière, mais tirait ses revenus du charme de ses paysages et de ses châteaux. Les touristes affluaient pour visiter ses villages de carte postale, déguster ses vins et se régaler de ses nombreuses spécialités. Les habitants du duché vivaient confortablement, dans une élégance toute palladienne, même si une certaine agitation commençait à se faire sentir depuis la mort des parents de Violetta dans un accident d'avion, trois ans plus tôt, quelques mois à peine après la fuite de sa sœur aînée avec son garde du corps. On murmurait que les Della Torre n'étaient plus aptes à régner. L'oncle de Violetta, qui exerçait la régence, était devenu impopulaire. On lui reprochait sa raideur et son autoritarisme. Plus vite Léo prendrait le pouvoir – au nom de son épouse, bien sûr –, mieux le pays se porterait.

Et il ne lui restait plus que treize heures pour le faire. Après cela, les choses se compliqueraient. À minuit, sa fiancée fugitive, la princesse Violetta, aurait vingt et un ans. Elle deviendrait la grande-duchesse Violetta Della Torre, monarque absolue. Il aurait été plus prudent de l'épouser plus tôt, mais cela aurait forcé Léo à se soumettre à l'autorité du régent, l'oncle de Violetta, jusqu'à la majorité de cette dernière. Il aurait dû s'occuper des affaires du duché sans disposer d'un réel pouvoir.

Léo avait donc résolu le problème en organisant un mariage la veille de l'anniversaire de la jeune femme. Il n'aurait pas à obéir au régent, lequel gouvernait fort mal, et éviterait toute complication légale. S'il épousait Violetta *après* son anniversaire, tout n'était pas perdu, mais il devrait entamer un long et tortueux processus législatif pour être reconnu comme chef d'État à la place de son épouse.

Les dents serrées, il appuya sur l'accélérateur. Le seul obstacle entre lui et son destin, c'était une fille instable. Que fuyait-elle ? Une vie de luxe et de privilèges ? Il exercerait le pouvoir, et elle n'aurait rien à faire.

— Cette fille n'a aucune aptitude au travail, lui avait dit l'oncle de Violetta. Il faudra que vous preniez les commandes.

Ce projet convenait parfaitement à Léo. Diriger sans la moindre interférence des Della Torre, c'était son rêve. Les Della Torre ne pensaient le monde qu'en termes de vin, de fromage et de jolis paysages. Leur manque d'ambition le sidérait, et condamnait le peuple du duché à vivre dans un musée rural à ciel ouvert. Avec lui, les choses allaient changer. Dès qu'il aurait épousé Violetta.

L'espace d'un instant, il la prit en pitié. Son père n'avait pas hésité à donner sa fille aînée en mariage à un ennemi héréditaire. Son oncle faisait de même avec elle. Jamais la jeune femme n'exercerait son rôle de duchesse. Son père et son oncle préféraient renoncer à la souveraineté de leur pays plutôt que de voir une femme à sa tête. Quelle famille !

Puis il se rappela la cathédrale remplie, les banderoles, la ville entière bloquée pour son mariage, et sa compassion s'évanouit. Il rétrograda, fit rugir le moteur de la Ferrari. Restait à espérer qu'il ne s'était pas trompé quant à la destination de sa fiancée. Il avait agi sur une simple intuition, mais c'était son mode opératoire, asséné autrefois par son père.

*N'hésite jamais. Suis ton instinct.*

Il y avait toujours obéi, comme aux autres préceptes.

*La gentillesse est une faiblesse.*

*La compassion, c'est pour les idiots.*

*L'amour n'existe pas.*

*Ne fais jamais confiance à une femme.*

Léo savait ce que son père lui aurait dit s'il avait été là, assis à côté de lui.

*Retrouve-la, épouse-la et fais-lui un enfant.*

C'était bien ce qu'il comptait faire, afin de donner vie à son rêve de toujours : une réunification entre les deux pays. Au passage, il prouverait à son défunt père qu'il était digne de lui.

Une fois qu'il aurait retrouvé Violetta, il ferait publier des photos les représentant tous les deux, main dans la main, échangeant un regard amoureux. S'il échouait, le duché lui échapperait. Pire encore : s'il mourait un jour sans héritier, son cousin Max, le demi-frère de Seb, prendrait le pouvoir. Et il était difficile d'imaginer pire dirigeant pour le pays.

Dénué d'intelligence et de loyauté, Max n'aimait que deux choses : lui-même et le plaisir. Il consacrait sa vie à l'indolence et aux excès. La principauté de Grimentz ne devait pas son succès à des souverains de son acabit. Léo était donc bien décidé à empêcher une telle tragédie. Il avait trente ans – il était temps pour lui de se marier.

Par chance, les routes étaient désertes. La population entière s'apprêtait à regarder le mariage, soit dans les rues soit à la télévision. En à peine vingt minutes, il atteignit l'enceinte de la propriété de sa grand-mère, le dernier endroit qu'il aurait cru revoir. Quand il l'avait reçu en héritage, il l'avait fait fermer, s'assurant juste que le château soit entretenu. Mais il ne voulait plus en entendre parler.

En silence, il maudit sa fiancée. Pourquoi avait-elle choisi cet endroit en particulier ? Peut-être parce qu'elle savait qu'il y avait emmené sa sœur ? Francesca, avec sa silhouette de liane et ses yeux bleus hérités de sa mère, était la beauté de la famille. Elle l'avait séduit et charmé, et il n'avait pas un instant soupçonné ce qu'elle planifiait en secret.

— Allons au château de ta grand-mère, avait-elle susurré. Loin de tout le monde, juste nous deux.

Lorsqu'elle lui avait demandé s'il pouvait attendre un peu, afin qu'elle puisse se marier vierge, il avait accepté. Ils étaient allés se coucher dans deux chambres différentes. Le lendemain, elle s'était enfuie. Un mois plus tard, elle épousait son ancien garde du corps. Aller au château avait été un moyen pour elle d'échapper aux services de sécurité de San Nicolo. Léo avait non seulement subi une intense humiliation, mais il avait dû endurer le mépris de son père en sus. Depuis, il avait appris sa leçon : plus jamais il ne ferait confiance à une femme.

La dernière partie de la route était une longue pente menant au château. Elle était endommagée, trouée d'ornières – le dernier hiver avait fait son œuvre. Plongé dans ses pensées, Léo ne vit pas un nids-de-poule plus profond que les autres. La Ferrari, elle, ne le manqua pas. Avec un effroyable bruit de tôle froissée, elle s'arrêta.

Réprimant un juron, Léo mit pied à terre et continua à pied. Il étouffait dans son costume de marié, sous la chaleur de juillet. Bon sang, Violetta avait intérêt à être au bout de cette route.

Enfin, sa destination apparut derrière un rideau d'arbres. Le château Elisabetha s'élevait sur trois étages et offrait neuf chambres à ses hôtes, ainsi qu'une salle de bal décorée de miroirs et de peintures représentant des danseurs. La demeure de pierre calcaire, élégamment nichée au creux d'une vallée verdoyante, était entourée d'un parc qui descendait en pente douce vers le lac et sa jetée. Sa grand-mère y avait passé tous ses étés.

Comme il approchait, Léo fut assailli par des souvenirs inattendus. Les jardins étaient un peu moins bien entretenus qu'à l'époque de son aïeule. Mais la vieille dame, amoureuse de toute forme de vie, aurait sans doute apprécié les fleurs sauvages qui couvraient les pelouses. Léo la revoyait sans effort, debout sur la terrasse qui dominait le lac, ou un verre de schnaps à la main dans le grand salon. Divers chiens secourus, adoptés, l'entouraient toujours d'une affection sans faille. Parfois, des invités séjournaient à la villa. Il se rappelait encore le dernier été qu'il y avait passé en compagnie des petits-enfants de la meilleure amie de sa grand-mère. Il se rappelait particulièrement la fillette que Seb et lui avaient surnommée « la fée », une gamine timide qui les suivait partout comme un chiot.

Quelques années plus tard, au même endroit, la sœur aînée de la fée l'avait trahi. Quelle débâcle… Malgré cet épisode douloureux, malgré sa détestation du lieu, il se sentit, comme autrefois, gagné par sa magie. Il la repoussa aussitôt – l'heure n'était pas au sentimentalisme. Avec lui, l'heure n'était jamais au sentimentalisme.

Un sentiment de triomphe s'empara de lui lorsqu'il aperçut le van du fleuriste, abandonné sur un côté du bâtiment. Un large chapeau de paille, une écharpe colorée et des lunettes de soleil reposaient sur le tableau de bord. La panoplie, à n'en pas douter, que la fuyarde avait revêtue pour s'éclipser sans être inquiétée.

Les poings serrés, il pressa l'allure. Il l'avait rattrapée à temps, et chaque pas renforçait sa détermination à régler l'affaire au plus vite. Il était temps de mettre un terme à cette mascarade et de persuader Violetta de rentrer avec lui.

# 2.

Malgré la distance, Violetta entendit le rugissement d'un moteur de sport, puis un raclement de tôle froissée. Une porte claqua quelques instants après, et le silence retomba.

Le cœur battant, elle reposa le téléphone. Il n'était plus question d'attendre que Luisa réponde. Par la fenêtre, elle distingua une carrosserie rouge derrière un rideau de verdure. Le ou les occupants du véhicule n'étaient nulle part en vue.

Comment l'avaient-ils retrouvée si facilement ?

En hâte, elle débarrassa une méridienne du drap qui la protégeait de la poussière et s'y installa, affichant son expression la plus hautaine. Elle savait que, debout, elle ne pourrait pas s'empêcher de trembler. Puis elle attendit.

Elle perçut d'abord le crissement de pas lourds sur le gravier. Ensuite, le martèlement de talons sur les dalles de l'entrée. Nuque raide, mains sur les genoux, elle regarda droit devant elle. Elle ignorait qui venait la chercher, mais elle ne repartirait pas avec eux.

Violetta eut du mal à cacher sa stupeur lorsque Léo en personne entra dans le salon. Elle n'avait pas un instant songé qu'il la prendrait en chasse lui-même. Presque aussitôt, elle se recomposa une mine altière et fixa l'homme qui avançait vers elle. L'homme que sa sœur avait fui. Comment Francesca l'avait-elle décrit ? Un loup à demi domestiqué : toujours en alerte, séduisant et inquiétant à la fois.

Il était grand – plus d'un mètre quatre-vingt-dix, lui avait-on expliqué lorsqu'elle avait dû choisir ses talons pour l'accompagner à quelques soirées. Elle était l'exact opposée, petite et mince, la cavalière parfaite pour ce mâle alpha. Sur les photos, ils semblaient faits l'un pour l'autre. Sur les photos seulement.

Les cheveux du prince, coupés courts sur les côtés, retombaient en une masse sombre sur son front. Son nez était droit, impérieux – comment pouvait-il en être autrement ? – sous des yeux bleus qui avaient fait fondre bien des cœurs. Ils la dévisageaient en cet instant même sans intention de séduire. Au contraire, ils semblaient vouloir l'anéantir.

Malgré sa peur, Violetta ressentit un frisson de désir, comme toutes les fois qu'elle l'avait croisé. Elle le réprima de la meilleure des façons : en passant à l'attaque.

— Oh ! c'est toi, dit-elle de son ton le plus nonchalant, dans son italien natal alors qu'ensemble ils avaient toujours parlé en français

Avec un sourire, il lui répondit dans la même langue, sans la moindre trace d'accent.

— Tu attendais quelqu'un d'autre ?

— J'aurais plutôt parié sur le Premier ministre. Quand j'ai entendu une voiture de sport, bien sûr, j'ai compris que ce ne serait pas le cas. Trop m'as-tu-vu et vulgaire.

Son vis-à-vis, sous l'insulte, serra la mâchoire. Il ne souriait plus.

— En tout cas, je ne t'attendais pas, toi. Je pensais que tu avais mieux à faire.

— Mon seul rendez-vous de la journée a été annulé sans préavis, ironisa le prince.

— Hmm, oui, j'en suis navrée, maugréa-t-elle, coulant un regard derrière lui en direction de l'entrée.

— Je suis venu seul, si c'est ce que tu te demandes. Je suis parti si vite que ma sécurité n'a pas eu le temps de me suivre. Je leur ai promis de les appeler en route mais, malheureusement, j'ai laissé mon téléphone à mon assistant. Personne ne sait où je me trouve.

Personne, dans son équipe d'élite, ne savait où il se trouvait ? C'était difficile à croire.

— Ils ne vont pas te chercher partout ?

— Bien sûr que si. Mais je doute qu'ils pensent à venir ici tout de suite.

— Mais, toi, tu y as pensé.

— Parce que je sais que tu as souvent séjourné en ces lieux. Je connais ton rapport à cet endroit, et je suis quasiment le seul. De mon côté de la frontière, en tout cas. Ton oncle pourrait se douter que tu es là, ou les gens de ton entourage.

— Les gens de mon entourage ont tous été remplacés, répondit Violetta avec un rictus méprisant. Quant à mon oncle lui-même, il ne se rappellera pas l'endroit où sa nièce passait parfois ses vacances.

— Ton entourage a été remplacé ? répéta son compagnon, fronçant les sourcils.

Sa surprise avait presque l'air sincère. Mais Violetta savait qu'il était responsable de ces changements. Elle en aurait mis sa main à couper.

L'homme qui se tenait devant elle était en colère. Le prince charmant avait disparu derrière une créature toute en angles et en muscles comprimés par une rage sourde. Il lui paraissait plus grand que dans son souvenir, et une nouvelle sensation de chaleur se déploya dans le ventre de Violetta. Elle détourna le regard quelques instants, le temps de reprendre ses esprits. Puis, s'enhardissant, elle l'affronta de nouveau.

Les yeux de Léo flamboyaient, ravageurs et possessifs. Il ne la dévisageait pas de la façon dont un homme considérait une femme, mais plutôt comme s'il avait regardé un objet. Elle n'était, à ses yeux, rien d'autre que la clé qui lui donnerait accès à San Nicolo. En cela, il ressemblait à tous les hommes qu'elle avait croisés dans sa vie. Voilà pourquoi il l'avait suivie : pour récupérer le duché qu'il convoitait, et qu'elle lui refusait.

— Je ne compte pas rentrer avec toi, si c'est pour ça que tu es là, l'informa-t-elle froidement.

Bien sûr, elle avait attendu ce moment. Mais elle n'avait pas prévu de se retrouver seule avec lui. Ni qu'il serait si sexy en uniforme de colonel des gardes de Grimentz. L'ajout d'une ceinture bleue attestant de son statut princier et les médailles qui brillaient sur son torse ajoutaient encore à son charme.

*Idiote. Pense à autre chose.*

Son regard accrocha de nouveau la rangée de médailles sur sa poitrine. À part être né avec une cuillère d'argent dans la bouche, fils de souverain, qu'avait-il fait pour en mériter une seule ? Par contraste, ses privilèges à elle avaient été annulés. Son entourage entier, malgré sa fidélité, avait été remplacé ces six derniers mois. Son chauffeur, son secrétaire, et même Luisa, sa caméristе, sa confidente, son amie, la seule personne à qui elle pouvait vraiment parler. Luisa avait été mutée une semaine avant cette parodie de mariage, sans nul doute avec l'aval de son futur mari.

Mais peu importait. Ce qui comptait, en cet instant, c'était de survivre aux treize prochaines heures, sans céder au charme vénéneux de son fiancé. Sur le coup de minuit, elle deviendrait grande-duchesse, et plus un seul homme n'aurait le moindre pouvoir sur elle.

— Puis-je m'asseoir ?

Violetta sursauta – comment avait-elle pu à ce point se perdre dans ses pensées ? Léo se passa une main sur le visage, premier signe de vulnérabilité qu'elle lui avait jamais vu. Son front luisait, sans doute à cause de sa course d'un demi-kilomètre en plein soleil et en uniforme. Violetta était tentée de l'abandonner à son sort, mais elle n'était pas rancunière. D'un geste, elle lui fit signe de s'asseoir près d'elle sur la méridienne.

Elle regretta aussitôt son offre en le voyant approcher. Avec une légère courbette et un claquement de talons, il s'installa à côté d'elle. Il sentait délicieusement bon, ce dont elle se souvenait de leurs précédentes rencontres. Chaque fois, il lui fallait vingt-quatre heures pour oublier son parfum.

La main de Léo, posée sur son genou, était belle et forte. Ses doigts nus rappelaient à Violetta l'alliance qu'il aurait dû porter, mais ils étaient là tous les deux, toujours pas mariés, perchés en tenue de cérémonie sur le seul meuble qui n'était pas couvert d'un drap. L'image aurait fait les délices de n'importe quel photographe. Et comme portrait de couple, que rêver de mieux ? L'espace entre eux illustrait les liens qui les unissaient : inexistants.

Du coin de l'œil, Violetta étudia son ex-fiancé. Un abattement inhabituel lui affaissait les épaules. Il s'était coupé en se rasant, remarqua-t-elle, comme si sa main n'avait pas été aussi ferme que d'habitude ce matin-là. Puis elle se força à regarder devant elle, droit dans le vide. Songer à l'intimité de son compagnon l'entraînait sur une pente dangereuse. Tout comme de se l'imaginer vulnérable, doué d'émotions. Il était l'un de ces hommes qui la traitaient comme une denrée, rien d'autre. Léo ne valait pas mieux que son père, ou que son oncle. Elle les méprisait tous, et lui plus encore parce qu'il était prêt à épouser une femme qu'il connaissait à peine, la sœur de celle qui l'avait publiquement abandonné. Tout cela pour mettre enfin la main sur le grand-duché. Léo von Frohburg était un mercenaire, rien de plus. Pourtant, quelque chose en lui la troublait.

Afin de remettre un peu de distance entre eux, Violetta se leva et s'approcha de la fenêtre. Les pelouses, autrefois taillées au cordeau, étaient désormais couvertes de fleurs sauvages. Elle était venue se réfugier instinctivement ici, parce que l'endroit lui évoquait de rares souvenirs heureux. Sa grand-mère et celle de Léo avaient été amies de longue date, et sa sœur et elle avaient passé de nombreux étés en ce lieu, le seul de Grimentz qu'elle avait été autorisée à voir.

Grimentz… La principauté avait pesé sur toute sa vie, depuis son enfance. Tous les habitants de San Nicolo savaient que Grimentz convoitait leurs pâturages et leur merveilleuse architecture. Son oncle, après quatre cents ans, avait décidé de mettre fin à la rivalité entre les deux pays.

Et son mariage était censé sceller cette réconciliation.

Léo regarda sa fiancée se lever et tourner en rond, comme si la grande maison vide l'étouffait. Sa robe de mariée soulevait, à chacun de ses pas, des moutons de poussière.

À l'instar de ses concitoyens, elle était petite, mince, les cheveux noirs et les yeux bruns. Plus il la regardait, plus il la trouvait séduisante. L'opposé de sa sœur, dont la beauté frappait dès la première seconde.

Elle se tourna soudain vers lui, le visage marqué par une expression d'intense frustration. À ce spectacle, Léo sentit la colère renaître en lui. C'était elle qui lui devait des excuses. Au lieu de cela, elle lui faisait la tête !

— Sais-tu que, quand Marie-Antoinette est arrivée en France pour son mariage, elle a dû abandonner tous les vêtements qu'elle portait, ceux de son pays d'origine, pour adopter la mode de son pays d'accueil ? Comme si l'on avait voulu éradiquer celle qu'elle était.

Léo la dévisagea, sourcils froncés. Il avait approuvé sa robe de mariée, certes, mais quoi de plus normal ? Elle lui allait de plus à ravir.

— Cette robe est très élégante, fit-il valoir.

Pour faire bonne mesure, il ajouta :

— Et tu es très belle.

— Vraiment ? Tu n'as qu'à la porter, alors ! Parce que, cette robe, reprit Violetta en tirant sur la soie couleur ivoire, ce n'est pas moi. Pas moi du tout.

— Puis-je savoir pourquoi tu l'as choisie, dans ce cas ?

— Je ne l'ai pas choisie. C'est toi qui l'as fait.

Comme il la dévisageait sans comprendre, elle enchaîna :

— Les photos que tu as reçues, tu te rappelles ? Je te cite…

Affectant une voix grave, elle ajouta en le parodiant :

— « Très élégant, n'oubliez pas non plus qu'elle portera la tiare d'Elisabetha avec. »

Léo se rembrunit, piqué au vif par son imitation, ce qui était sans doute l'effet désiré.

— Tu t'es enfuie parce que tu n'aimais pas ta robe ?

— Si on m'autorisait à porter une montre, je noterais l'heure pour la postérité. Parce que c'est la première fois, Ton Altesse Sérénissime, que tu me poses une question sur mes sentiments, aussi ridicule soit-elle.

— C'est faux. Nous avons parlé à de nombreuses reprises.

Violetta le fixa un long moment, pour lui permettre de se remémorer leurs précédentes interactions. Toutes avaient eu lieu à l'occasion d'événements publics.

— Tu m'as posé des questions sur les vignobles du

duché, rétorqua-t-elle. C'est tout. Ah non, tu m'as aussi demandé si je préférais les opéras de Beethoven ou ceux de Mozart.

— Mozart, répondit Léo, qui se rappelait au moins cela.

— Il se trouve que je déteste l'opéra. Mes parents m'y emmenaient tout le temps. J'ai donc menti.

— Tu aurais pu me dire la vérité.

— Quel intérêt ? Tu étais décidé à m'épouser, point. Seul le grand-duché t'intéresse. Tu n'as jamais donné l'impression de t'intéresser à moi. Quand tu m'as pris la main pour la première fois, j'ai eu le sentiment que tu ramassais une vieille chaussette. C'était comme si tu ne me voyais pas. Que crois-tu que j'aie ressenti ? J'avais la sensation de… de ne pas exister.

— Allons, nous avons eu plusieurs conversations intéressantes.

— Ah parlons-en, de nos « conversations ». Lors de notre première rencontre, tu m'as accordé dix minutes. Nous avons arpenté la terrasse du château, dont tu m'as détaillé l'architecture. Puis tu m'as expliqué ce que tu attendais de moi en tant qu'épouse. Je ne me souviens plus précisément de tous les points, mais les mots « soumission » et « discrétion » me semblent résumer la chose. Eh, bien sûr, il te fallait aussi un héritier ou deux.

— Je…

— Après quoi, poursuivit la jeune femme sans lui laisser le temps de parler, nous nous sommes vus dix minutes avant chaque apparition publique. On m'a dit où me tenir, où m'asseoir, quand m'asseoir – jamais avant que tu ne t'asseyes. Ton bureau m'avait envoyé une liste précise des gens à qui j'étais autorisée à parler et des sujets que je pouvais aborder. Tu as précisé que je devais m'en tenir à notre production de fromage et de vin. Je pouvais aussi parler des associations caritatives que je soutiens, tant qu'elles n'étaient pas sources de controverse, ce qui excluait d'évoquer les mères adolescentes que j'aide à scolariser. Tu m'as tenu la main seulement quand il y avait du public pour nous voir. Et ces gens étaient toujours des dignitaires, jamais des citoyens. Tu ne m'as jamais invitée à t'appeler par ton prénom et tu ne m'as jamais appelée par le mien. Et, après ça, tu t'imaginais que j'allais t'épouser sans rien dire ? Que j'accepterais de coucher… de, hmm, *le faire* avec toi ?

Léo l'écouta, sourcils froncés – le portrait n'était guère flatteur.

— Nous nous sommes rencontrés avant l'épisode de la terrasse, argua-t-il, se raccrochant aux branches.

La jeune femme, à l'évocation de leurs vacances au château, se mit à rire.

— Tu t'es encore plus mal comporté en ces occasions ! Quand tu me remarquais, c'était pour me courir après avec des araignées dans les mains. Et je déteste les araignées.

Amusé, Léo leva les yeux vers le lustre au-dessus d'elle, d'où pendaient quelques toiles. Elle avait mal choisi son refuge, dans ce cas.

— J'avais treize ans, lui rappela-t-il. Comme tu te l'imagines, j'ai un peu mûri depuis.

— La maturité et le charme sont deux choses différentes. *Prends ça dans les dents.*

— Dans ce cas, je te présente mes excuses. D'abord pour l'affaire des araignées, ensuite pour avoir été un mauvais fiancé.

Violetta écarquilla les yeux, comme si elle ne s'était pas attendue à cette réaction. Puis son visage s'affaissa.

— Et si nous étions physiquement incompatibles ? Si le sexe était sans intérêt ? Si ça ne me plaisait pas ?

— Dans ce cas, c'est que je m'y prendrais très mal, et je ne suis pas connu pour ça.

Visiblement exaspérée, sa fiancée secoua la tête.

— C'est vrai, tu as une énorme expérience, alors que je n'en ai aucune. Tu trouves ça juste ? Je n'ai reçu aucune éducation en la matière. Je pourrais confondre un bout de bois et un pénis en érection. Façon de parler, bien sûr. J'ai vu des images.

Des images ? Quel genre d'images ? Artistiques ou pornographiques ? Léo ne savait que faire du franc-parler de la jeune femme.

— J'ignorais que tu étais aussi… rentre-dedans.

— Je ne le suis pas. Je suis normalement très réservée. Il faut croire que tu révèles mes mauvais côtés.

Puis Violetta se remit à faire les cent pas, maugréant comme s'il n'était plus là.

— Comment ai-je fait pour me fourrer dans un tel pétrin ? Qu'est-ce qui m'a pris ?

Il la suivit des yeux, abasourdi. Apparemment, elle n'avait plus besoin de lui pour faire la conversation. Tout comme elle n'avait plus besoin de lui comme fiancé.

Léo inspira profondément, tentant de calmer sa colère. Il devait reprendre le contrôle de la situation, calmer la jeune femme. La charmer, même, si c'était possible, afin de la convaincre de rentrer avec lui et de l'épouser, le tout avant minuit.

Il était grand temps de changer d'approche.

— Que comptais-tu faire une fois arrivée ici ? s'enquit Léo.

Violetta s'arrêta net, embarrassée. Son plan avait été d'appeler Luisa pour lui demander d'envoyer un bateau. Mais Luisa n'avait pas répondu, et son fiancé avait débarqué sans crier gare. Rien ne se passait comme prévu.

— Je ne sais pas. Je n'avais pas réfléchi si loin. Je

pensais qu'il y avait peut-être une gouvernante ici… Je suis tombé en panne d'essence en arrivant.

Elle mentait, bien sûr, sauf pour la panne d'essence. Elle n'allait pas lui révéler ses plans, parce qu'elle avait appris depuis longtemps à dissimuler ses cartes.

— Il n'y a personne d'autre que nous, répondit Léo. Le château est fermé depuis la mort de ma grand-mère.

— Je vois ça, murmura Violetta, regardant autour d'elle. J'ai été désolé d'apprendre sa disparition. Je l'aimais beaucoup.

Son compagnon ne répondit pas, se contentant de fixer le sol entre ses pieds. Il était de notoriété publique qu'il s'était fâché avec sa grand-mère à son adolescence. Le regrettait-il, maintenant qu'il était un homme ?

— Nous sommes coincés ici, dit-il enfin. Peut-être pour un moment. En attendant, nous devrions peut-être passer une tenue plus confortable…

Violetta porta une main à sa bouche, alarmée. Voulait-il dire…

— Je parle d'enlever nos tenues de mariage, précisa Léo en levant les yeux au ciel. Cette maison a peut-être du charme, mais elle n'est pas climatisée, et j'étouffe sous ce costume.

Il se leva et, sourcils froncés, s'attaqua à la barre de médailles qui ornait son torse. Puis il soupira, et posa sur Violetta un regard penaud.

— Désolé, mais je n'arrive pas à me débarrasser de cette quincaillerie. Tu peux m'aider ?

Violetta hésita. D'un côté, s'il ôtait sa veste et se mettait à son aise, elle gagnerait quelques heures précieuses qui la rapprocheraient de minuit. De l'autre, elle n'était pas sûre qu'il soit très prudent de le toucher.

— Je ne mords pas, si c'est ce qui te fait peur, ajouta-t-il avec un sourire irrésistible.

Certes, mais Violetta redoutait justement d'avoir envie d'être mordue. Pourquoi réagissait-elle ainsi lorsqu'elle se trouvait en sa compagnie ?

— Tu ne peux pas l'arracher ? demanda-t-elle, refusant de bouger.

La suggestion lui valut un regard offusqué.

— On n'arrache pas des médailles d'un uniforme de la garde. Par ailleurs, on voit que tu n'as jamais rencontré mon majordome. Si l'uniforme lui revient déchiré, Matteo me fera la vie dure pendant un bon mois. Il me forcera à porter un chapeau de paille et une tenue tyrolienne pour me punir.

Malgré elle, Violetta sourit. Elle avait rencontré son majordome, un homme mince et strict d'une cinquantaine d'années. Matteo était mi-écossais, mi-italien, mais cent pour cent formé dans les plus grandes maisons d'Europe. Sa réputation était telle que c'était lui qui choisissait ses employeurs, pas l'inverse. Seul un homme bénéficiait de sa totale approbation quant à son élégance vestimentaire : le second play-boy le plus notoire d'Europe, le prince Sébastien von Frohburg.

Le plus notoire, le numéro un, se tenait à présent devant elle. Il avait mené une vie pour le moins dissolue, en tout cas jusqu'à la mort de son père, où l'amateur de fêtes et de femmes – toutes blondes et grandes – s'était soudain changé en un dirigeant sévère.

Violetta soupira, résignée. Elle ne pouvait pas refuser de l'aider et le laisser sanglé dans ce costume où il devait étouffer. Remontant sa robe, elle redressa le menton et s'approcha à pas prudents. Du fait de leur différence de taille, elle se trouvait juste face à la rangée de médailles épinglées sur son large torse. À sa surprise, la barre qui les retenait se défit très facilement. Elle la déposa sur une chaise, sous le regard bleu et intense de son compagnon.

— Arrête de me regarder comme ça.

— Tu m'as reproché de ne pas vraiment te connaître. J'essaie de rattraper le temps perdu. Mais, si ça te met mal à l'aise, j'arrête.

Joignant le geste à la parole, il pivota légèrement et fixa un point distant de la pièce.

— C'est mieux ?

Violetta, à son grand dam, constata que son regard lui manquait. Mais elle se serait fait arracher la langue plutôt que de l'avouer. Elle lui ôta son écharpe, et frémit lorsque son poignet effleura les cheveux de Léo. Elle se morigéna aussitôt, et déposa l'écharpe près des médailles.

— Voilà, tu es libre.

Avec un soupir de soulagement, il fit glisser sa veste de ses épaules. Une bouffée de son parfum enveloppa Violetta, qui s'arrêta momentanément de respirer.

— Merci, dit-il en déboutonnant le col de sa chemise, puis en remontant ses manches.

Violetta le fixa, un peu étourdie. En uniforme, il lui avait paru infiniment séduisant. En chemise ouverte, soudain décontracté – un adjectif qu'elle n'aurait jamais cru lui accoler – il l'était plus encore.

Au même moment, un mouvement dans le jardin attira son attention.

— Il y a quelqu'un dehors.

Aussitôt, Léo la fit pivoter pour se placer entre elle et la fenêtre. Violetta fut émue de ce geste chevaleresque, elle qui ne s'était jamais sentie protégée de sa vie entière. Son cœur se serra, bien malgré elle.

— Où ? demanda-t-il.

— À la lisière de la forêt. Juste après le champ de fleurs sauvages.

— Je ne vois rien, murmura Léo en plissant les yeux.

— Tu as peut-être été suivi, après tout.

— C'est improbable. Seule mon équipe m'a vu partir. Si quelqu'un a repéré la voiture en ville, on a dû supposer que j'étais un garde qui la ramenait au château.

— L'autre explication était qu'il y avait déjà quelqu'un ici. Un cambrioleur. Nous ferions bien d'aller jeter un œil, non ?

— Si ça te rassure, je vais le faire. Attends-moi.

Il se dirigea vers la porte, mais elle lui emboîta aussitôt le pas.

— Je n'ai pas l'intention de rester seule ici. Et s'il y avait un complice à l'intérieur ?

— Le château était fermé quand tu es arrivée ?

— Oui. J'ai pris les clés de secours à l'endroit où ta grand-mère les cachait.

— Les volets étaient tous fermés ?

— Oui. J'ai juste ouvert celui-ci pour avoir un peu de lumière.

— Il n'y a donc personne dans la maison. Sauf s'il est entré par la cheminée.

Comme Violetta continuait de le dévisager d'un air buté, Léo soupira.

— Très bien, grande-duchesse, allons voir ça ensemble.

Léo sortit par la porte principale, Violetta sur les talons. Il espérait que le garde d'élite qui avait révélé sa présence s'était bien caché, sans quoi il le renverrait sur-le-champ. Il voulait laisser croire à Violetta qu'ils étaient seuls au monde, afin de la persuader de l'épouser. Pour cela, il avait besoin de temps et d'espace.

— Attends-moi ici, ordonna-t-il quand il atteignit la pelouse.

Bien sûr, elle l'ignora. Remontant les pans de sa robe, elle le suivit, manqua trébucher dans les hautes herbes et lui saisit machinalement la main. Il la prit, irrité, sa progression ralentie par les escarpins de Violetta et par son obstination à l'accompagner. Enfin, ils atteignirent la lisière de la forêt. Les feuilles s'agitaient dans la brise, le bois craquait sous l'effet de la chaleur. Dérangé par leurs pas, un oiseau s'envola et disparut dans le ciel. Aucun autre bruit ne se faisait entendre.

— Tu vois ? Il n'y a personne.

Violetta le dépassa pour étudier les environs, sourcils froncés.

— Regarde, là. L'herbe est écrasée. Une piste en part.

Bon sang, elle était bien plus débrouillarde que ce qu'on lui avait dit. *« Naïve et bien élevée », mon œil*, songea Léo.

— Probablement un cerf qui prenait le soleil. Il aura décampé en nous entendant.

— Ce ne sont pas les traces d'un cerf.

De plus en plus mal à l'aise, Léo fit mine d'étudier le terrain.

— Un loup, alors.

— Un loup ? se récria-t-elle, se plaquant instinctivement contre lui.

— Détends-toi, il a déguerpi depuis longtemps. C'est bon, tu es satisfaite ?

La jeune femme balaya une dernière fois la forêt du regard, puis haussa les épaules.

— C'était peut-être un animal, en effet.

Elle reprit le chemin de la maison, trébuchant de nouveau sur d'invisibles mottes de terre. Incapable de réprimer son impatience, Léo la prit dans ses bras. Elle s'accrocha à son cou sans protester, et il songea un instant à franchir le seuil de la bâtisse sans l'avoir reposée, avec toutes les connotations attachées à ce geste…

— N'y pense même pas, déclara Violetta en le foudroyant du regard.

*Débrouillarde, et maligne...*

— Tes désirs sont des ordres, grande-duchesse.

— Arrête de m'appeler comme ça. Je ne serai pas grande-duchesse avant minuit.

Bien entendu, Léo en avait parfaitement conscience. Sitôt qu'il la déposa, Violetta fit un pas de côté, puis lissa sa robe et la débarrassa des brindilles qui y étaient accrochées. Enfin, avec un rictus de dérision, elle se dirigea vers la maison.

Il lui emboîta le pas après quelques instants, fasciné malgré lui par le balancement de ses hanches sous sa robe. À quoi ressemblaient ses jambes sous cette masse de tissu ? Et ses cuisses ? Sa sœur était mince, elle aussi, avec une silhouette façonnée par des heures d'équitation. Violetta partageait-elle la même passion ? Elle avait raison sur un point : il ne savait rien d'elle. Et cette ignorance était un obstacle à son besoin de la faire changer d'avis.

Ses cheveux châtains, sous le soleil de midi, lançaient des éclats dorés. Il ne l'avait jamais vue que coiffée d'un impeccable chignon – comme en cet instant – et se demanda si sa chevelure était aussi abondante qu'elle en avait l'air. Ou s'agissait-il d'extensions ?

Il eut soudain envie d'y passer les doigts et, pris de court par cette inexplicable pulsion, la repoussa fermement. Il était juste intrigué de découvrir que sa fiancée n'était pas l'agneau bêlant qu'on lui avait dépeint – loin de là.

Comme il passait devant un buisson, ce dernier lui parla.

— Désolé, Votre Altesse, lui dit le feuillage.

— C'est bon, répondit-il à mi-voix, tandis que la jeune femme disparaissait à l'intérieur. J'ai rattrapé le coup.

Main en visière, il étudia l'horizon. Un nuage menaçant venait d'apparaître au-dessus des montagnes au nord. Du mauvais temps avait été prévu, mais pour beaucoup plus tard dans la journée.

— Ce front orageux avance rapidement, dit-il au buisson. Allez vous réfugier dans le pavillon à l'entrée de la propriété. Si quelqu'un vient, il devra passer devant. Donnez-moi une heure ou deux, et préparez-vous à nous ramener en ville ensuite.

— Très bien, Votre Altesse.

Le buisson frissonna lorsque le garde s'enfonça dans le sous-bois, mais Léo le rappela aussitôt.

— Attendez. Je veux aussi savoir ce qui est arrivé à l'entourage de la princesse. Trouvez-les et faites-les venir au palais.

— Bien. Devons-nous informer son oncle de l'endroit où elle se trouve ?

— Dites-lui simplement qu'elle est avec moi, et en sécurité. Nous serons de retour au palais avant la nuit. Le mariage aura lieu ce soir.

En tout cas, il l'espérait.

— Entendu, Votre Altesse. Et, euh… bonne chance avec la princesse.

De la chance ? Il n'en aurait pas besoin. Avec San Nicolo en jeu, il était prêt à utiliser tous ses pouvoirs de persuasion pour convaincre la jeune femme de changer d'avis.

Il se remit en marche, entouré de feuilles et de pétales soulevés par une bourrasque annonciatrice d'orage, puis franchit le seuil de la résidence, toujours célibataire.

*Plus pour longtemps*, songea-t-il.

# 3.

Le salon était désert lorsque Léo entra. Il récupéra ses médailles et son écharpe, puis se mit en quête de sa fiancée. Une porte, au fond du grand hall, était entrouverte. Elle conduisait aux pièces de service, et il trouva Violetta dans l'immense cuisine.

Le personnel qui s'occupait de l'entretien du château avait bien fait son travail. Tout était immaculé. Une délicieuse odeur de cire d'abeille flottait dans la pièce. La longue table de chêne brillait, tout comme le vaisselier appuyé au mur face à la fenêtre. Léo connaissait bien l'endroit, pour y avoir passé de nombreuses heures en compagnie de son cousin pendant que leur grand-mère cuisinait. Dans cette maison, un prince héritier pouvait mener une existence presque normale. Seb et lui avaient été autorisés à jouer dehors, à rentrer affamés et couverts de boue, à se servir dans les placards et à se blottir contre leur grand-mère, pour l'écouter raconter ses aventures d'enfance avec sa meilleure amie, la grand-mère de Violetta. Ils allaient au lit quand ils le voulaient, parlaient sans demander la permission et disaient tout ce qui leur passait par la tête, avec la certitude d'être écoutés.

Il regarda autour de lui, le cœur serré. Le vieux lecteur CD de sa grand-mère était toujours à la même place sur son étagère. Il n'y avait pas une once de poussière dessus. Violetta avait trouvé un verre, qu'elle venait de remplir d'eau du robinet. Elle l'avala d'un coup, puis s'essuya les lèvres du revers de la main, un geste en parfaite contradiction avec sa robe de mariée et la tiare décorée d'émeraudes qui la couronnait.

— Tu en veux un ? proposa-t-elle, agitant le verre vide dans sa direction.

— Avec plaisir.

Tandis qu'elle remplissait un second verre, Léo plaça sa veste et ses affaires sur une chaise. Puis il s'approcha de Violetta et, avant qu'elle ait pu poser son verre sur la table, le lui prit des mains, s'assurant d'effleurer ses doigts. Il fut satisfait de la voir frissonner. Aussitôt, elle fit un pas en arrière et croisa les bras.

— Que crois-tu qu'il se passe dans la capitale ? s'enquit-elle. Je veux dire, après ma disparition ?

— J'ai fait circuler le bruit que tu étais coincée dans tes toilettes. Un petit problème intestinal.

Horrifiée, Violetta le foudroya du regard.

— Tu as dit quoi ? Je vais en entendre parler toute ma vie !

— Alors que le fait d'avoir abandonné ton fiancé devant l'autel te couvrirait de gloire ?

— Il y a quelque chose de noble dans le fait de fuir un mariage arrangé, répliqua l'intéressée en redressant le menton.

— Sauf pour celui qui reste et qui doit en subir les conséquences.

— Très bien. Que se passe-t-il maintenant ?

En silence, Léo se rassit. Il posa un bras sur le dossier de la chaise voisine, croisa une jambe sur l'autre, puis affecta une décontraction qu'il était loin de ressentir. Il prit une gorgée d'eau, lentement, tandis que Violetta l'étudiait avec une nervosité visible.

— Qu'aimerais-tu qu'il se passe ? demanda-t-il enfin.

— Tu essaies de me faire croire que tu te soucies de ce que je veux ? Tu serais bien le premier homme à le faire.

— Crois-moi, je m'intéresse à ce que tu veux.

Sans un mot, la jeune femme récupéra leurs verres, les rinça et les rangea après les avoir essuyés. Puis elle redressa le menton – mouvement qu'il commençait à reconnaître, et qu'elle faisait pour se donner du courage – et se tourna de nouveau vers lui.

— Rien de ceci ne serait arrivé si nous avions pris le temps de faire connaissance. Nous devrions donc profiter de ce moment. Je veux juste savoir qui tu es.

*Oh-oh.* Léo tiqua, sur ses gardes. Il avait déjà entendu ce genre de discours, en général de la part de femmes un peu collantes. Il voulait épouser Violetta, certes, mais il n'avait pas pour autant l'intention de former le parfait petit couple. Les soirées à deux, blottis au coin du feu, très peu pour lui.

Persuadé qu'elle n'était pas tout à fait sincère, il répliqua :

— À quoi bon faire connaissance, si tu ne veux pas m'épouser ?

— Je ne sais pas. Je pourrais peut-être... changer d'avis.

Encore un mensonge. Pourquoi ne demandait-elle pas à être reconduite chez elle ? Elle essayait de gagner du temps, c'était évident. Pour le moment, Léo décida de jouer son jeu. Il étudia ses seins fermes, moulés par son bustier, puis la courbe de ses hanches, ce qui fit aussitôt rougir Violetta.

— N'essaie pas de me charmer, ça ne marchera pas. D'ailleurs, en parlant de charme, je n'en ai pas vu beaucoup.

Léo savait qu'il n'aurait pas dû se sentir offensé, mais il s'assombrit.

— Parce que je n'ai pas utilisé mon arsenal sur toi. Quand je le ferai, tu changeras d'avis.

— Tu ne manques pas de confiance en toi, c'est certain.

Mais tu oublies que, contrairement à tes autres conquêtes, je ne suis impressionnée ni par ton titre ni par ta fortune, car je possède les deux. Et tu m'as paru tellement obsédé par toi-même, lors de nos rares rencontres, que j'ai du mal à te croire sincère aujourd'hui.

Sous le feu de ses reproches, Léo sentit une culpabilité sourde lui tordre l'estomac. N'avait-il pas lui-même eu affaire à un égocentrique, en la personne de son père ? Il avait hérité des gènes de cet homme, mais il avait toujours espéré que leur ressemblance n'était que physique.

La jeune femme s'était déplacée et examinait à présent la veste qu'il avait ôtée. Du bout du doigt, elle effleura une paire d'ailes dorées épinglées sur le plastron droit.

— Qu'est-ce que c'est ?

— Mon certificat de parachutisme de l'armée française.

— Un insigne honorifique, je suppose ?

— Certainement pas.

— Tu es parachutiste ? Ce n'est pas extrêmement difficile ?

— Ce n'est pas de tout repos.

— Et ça ? reprit la jeune femme, désignant un deuxième insigne.

— Brevet de pilote d'hélicoptère.

Il guetta un signe d'admiration dans son regard, mais elle lui décocha une œillade ironique.

— Je me demande si tu es bon pilote, pour avoir besoin d'un diplôme de parachutiste.

— Très drôle. Si tu veux, je te ferai faire un saut, pour voir.

— Oh ! non.

— Tu as peur ?

— Disons plutôt que je ne vois pas l'intérêt de sauter d'un avion sans y être forcée, avec une nappe attachée dans le dos. Ce qui ne veut pas dire que je ne prends jamais de risque.

— Vraiment ? Quelle est la dernière expérience qui t'ait vraiment terrifiée ?

— Endosser cette robe.

*Touché*. En silence, Léo se maudit d'être tombé dans un piège qu'il avait lui-même posé.

— Dans ce cas, laisse-moi t'aider à en sortir.

— Pour mettre quoi ? demanda Violetta, haussant un sourcil. Un drap ? Tu ne t'imagines pas que je vais parader devant toi en sous-vêtements ?

— Même si l'idée ne me déplairait pas, je suppose qu'il y a encore des habits dans cette maison.

— J'en doute. À l'exception des meubles, il n'y a rien.

De fait, Léo avait exigé que la maison soit vidée quand il en avait hérité. Ses souvenirs étaient trop douloureux, et il ne voulait pas les alimenter. Tout était désormais en stockage, mais il devait bien rester quelque chose…

— Je vais trouver, promit-il avec son sourire le plus séducteur.

Violetta, pendant ce temps, essayait de se concentrer. Elle devait arrêter de fondre chaque fois qu'il ouvrait la bouche. Arrêter de le fixer béatement et ne pas perdre son objectif de vue : atteindre minuit sans se laisser séduire par ce beau parleur.

Mais, avec son col ouvert, cette version détendue du prince était diablement séduisante. Chaque fois qu'il bougeait, sa chemise bâillait et suggérait des pectoraux parfaitement dessinés. Pourquoi fallait-il qu'il soit aussi beau ?

— Avant que je n'aille chercher des vêtements de rechange, si tu me révélais les véritables raisons de ta fuite ?

Pour le moment, tu m'as seulement dit que tu n'aimais pas ta robe et que je n'avais pas assez fait attention à toi.

— À t'entendre, ce sont des griefs puérils. Mais ce n'est pas le cas. Je veux être traitée comme une égale, en adulte parfaitement capable de prendre ses propres décisions.

— Malheureusement, t'enfuir le jour de ton mariage donne plutôt une impression d'immaturité.

— Ou alors, cela donne l'impression que je n'avais pas le choix.

— Pas le choix ? Tout ce que tu avais à faire, c'était de dire « Léo, je ne veux pas t'épouser. » Ce n'était pas très compliqué.

— Tu ne sais rien, marmonna-t-elle. On ne m'aurait jamais autorisée à dire ça.

— On t'a forcée à te marier ? demanda son fiancé, sourcils froncés.

— Non, pas exactement.

— Dans ce cas, je ne vois pas ce qui t'empêchait de t'exprimer.

— Si je l'avais fait, mon oncle aurait trouvé un moyen pour me persuader de t'épouser.

— En soulignant les nombreux avantages qu'il y avait à le faire, tu veux dire ?

— Probablement, oui.

Léo continua de l'étudier, la tête légèrement penchée, puis secoua la tête.

— J'ai toujours du mal à te croire. J'ai l'impression que tu me caches quelque chose.

Mais pourquoi insistait-il à ce point ?

*Parce qu'il veut le duché, Violetta. Et pendant que tu le lorgnes avec des yeux de dessin animé, il complote sans doute pour t'épouser avant minuit. Tes objections, il s'en fiche. Il veut simplement en apprendre le plus possible afin de te manipuler à sa guise. N'oublie pas que c'est ton ennemi. Et un homme dangereux.*

Une chose était sûre : elle ne lui dirait pas la vérité. Luisa et elle avaient tout prévu. Elles se cacheraient dans une maison en ville jusqu'à minuit. Puis elles se rendraient à la cathédrale, où Violetta prêterait serment, filmée par le téléphone de son amie. L'extrait serait posté sur Internet. Un geste symbolique, mais qui empêcherait son oncle de lui mettre des bâtons dans les roues.

Malheureusement, la réussite de ce plan lui imposait de regagner San Nicolo. Sans Léo, qui essaierait de l'arrêter s'il connaissait ses intentions. Car, comme tous les princes de Grimentz qui l'avaient précédé, il convoitait le duché.

Violetta n'était pas naïve – il serait difficile de cacher bien longtemps la vérité à Léo. Il était trop malin, trop perspicace. Elle devait recourir, plutôt qu'à la dissimulation, à un mensonge si énorme qu'il détournerait son attention.

Elle prit une profonde inspiration, se tourna vers les nuages qui assombrissaient l'horizon et déclara :

— J'espérais t'épargner la vérité mais, puisque tu veux tout savoir, le fait est que je ne te trouve pas du tout séduisant. C'est même le contraire.

À cet instant, comme si les cieux eux-mêmes protestaient contre son mensonge, un éclair illumina le salon, presque aussitôt suivi d'un retentissant coup de tonnerre. Elle sursauta, mais son compagnon resta immobile et silencieux. Après de longues secondes, il murmura :

— Je vois.

Sa voix, veloutée, fit courir des frissons sur la peau de Violetta. Elle n'aurait pas réagi plus vivement s'il l'avait touchée.

— Pour être tout à fait honnête, renchérit-elle, l'idée de coucher avec toi me révulse.

Tout en parlant, elle évitait de le regarder. Il l'aurait percée à jour trop facilement.

— Très bien.

S'imaginait-elle la tristesse qui perçait dans sa voix ? Elle se demanda, un peu tard, s'il avait été amoureux de Francesca, et blessé par sa fuite. Peut-être venait-elle de raviver de mauvais souvenirs.

En silence, il vint se poster à ses côtés, les yeux fixés sur le ciel. De gros nuages noirs et violets déferlaient en direction du lac, bloquant le soleil. Une ombre menaçante couvrait maintenant les jardins. L'homme qui se tenait près d'elle parut grandir, s'assombrir lui aussi, et Violetta eut le sentiment de rapetisser, de devenir plus insignifiante que jamais. Son fiancé semblait avoir oublié jusqu'à son existence. Sourcils froncés, il étudiait la lisière du bois qui longeait la pelouse. Le vent troublait la ligne verte, impénétrable.

Elle s'était trompée, constata-t-elle. Il n'y avait pas de tristesse chez cet homme. Quelque chose d'autre le préoccupait, et elle comprit enfin.

— Ce n'étaient pas des loups, ni un daim, murmura-t-elle. C'était l'un de tes hommes, n'est-ce pas ?

Léo lui décocha un regard de biais, puis soupira.

— Oui.

— Ils sont en sécurité ?

— Ils doivent être dans le pavillon.

La nouvelle ébranla Violetta. Comment une voiture ou un bateau pourraient-ils approcher, maintenant que ses hommes étaient en place ? Si seulement elle trouvait un moyen d'appeler Luisa sans alerter Léo, elle pourrait lui donner rendez-vous sur la route avant l'entrée de la propriété.

— J'ai faim, annonça son fiancé, se détournant soudain de la fenêtre.

— Pardon ?

— Je me demande ce qu'il y a dans cette cuisine, reprit-il, ouvrant les placards un à un.

Violetta le suivit du regard, sans chercher à cacher son incrédulité.

— Tu penses à ton estomac dans un pareil moment ?

— Je ne peux pas réfléchir l'estomac vide.

— Pourquoi aurais-tu l'estomac vide ? Tu as pris un petit déjeuner, non ?

— C'était… il y a six heures, déclara Léo en regardant sa montre. Si les choses s'étaient passées comme prévu, nous aurions déjeuné, à l'heure qu'il est. Je brûle beaucoup de calories, et plus encore quand j'ai faim.

Il n'y avait rien de sensuel ou de provoquant dans cette remarque, mais la jeune femme ne put s'empêcher de rougir. La chaleur, décida-t-elle, ainsi que cette fichue robe. Peut-être reprendrait-elle ses esprits si elle se trouvait seule quelques instants. Cela lui permettrait également d'appeler Luisa.

— Et si tu allais chercher cette tenue de rechange que tu m'as promise ? Pour ma part, je vais voir s'il y a quelque chose à manger.

Elle avait à peine prononcé ces mots que la porte de la cuisine s'ouvrit. Une bourrasque de pluie, de brindilles et de feuilles pénétra dans la pièce. Vif comme l'éclair, Léo contourna l'îlot central pour aller la fermer.

— Je crois que nous sommes coincés là pour un moment, annonça-t-il en se tournant vers elle.

Violetta avait menti en affirmant qu'elle ne le désirait pas, c'était évident. Il avait vu la façon dont elle le regardait. Cependant, mensonge ou pas, le problème était le même. Elle ne voulait pas l'épouser.

D'autres priorités le faisaient, pour le moment, passer au second plan. Le vent devenait si violent que le van du fleuriste, à l'extérieur, semblait sur le point de se renverser. S'il le faisait, il roulerait droit jusqu'à la cuisine. Une pièce dont ils auraient besoin s'ils devaient rester là un moment, car elle leur fournirait eau, chaleur, et peut-être nourriture. Léo n'avait donc pas le choix : il devait déplacer le véhicule.

— Non, fit Violetta lorsqu'il lui fit part de sa décision. C'est trop dangereux.

— Il faut que je le déplace. S'il détruit la cuisine, nous serons démunis. Les premiers mètres seront difficiles à cause du vent mais, dès qu'il sera dans la cour, tout ira bien.

— Dans ce cas, sois prudent.

La jeune femme posait sur lui un regard inquiet, et une drôle de chaleur l'envahit. Il la repoussa aussitôt.

— Si tu veux bien, va ouvrir la porte qui donne sur la cour. Je rentrerai par là.

Puis il sortit de la cuisine. Aussitôt, il lui fallut lutter contre le vent pour refermer la porte derrière lui. Il courut jusqu'au van, qui oscillait dangereusement sous les assauts du vent, et le fit démarrer. Dans une tempête de brindilles, de feuilles et de pluie, il conduisit jusqu'à l'endroit où le bâtiment formait un U. Sitôt qu'il entra dans la cour, la force du vent diminua considérablement. Il gara la camionnette à l'endroit le plus abrité, en descendit et courut vers la porte que Violetta tentait d'ouvrir – il la voyait lutter avec la clé à travers une fenêtre. La pluie se déchaîna au même moment, et il arriva trempé devant le battant, toujours fermé.

— … n'y arrive pas…, l'entendit-il à peine crier, tant la tempête faisait rage. La clé… coincée…

Léo saisit la poignée, de son côté, et la fit tourner. Rien ne se passa.

— Recule ! cria-t-il.

Après s'être assuré qu'elle avait entendu, il asséna un coup d'épaule à la porte, mais elle ne bougea pas. Il pleuvait tellement que Léo ne voyait presque plus rien. Il essaya de nouveau la poignée, toujours sans résultat. Il n'avait pas le choix : il lui faudrait rentrer par la cuisine.

D'un geste, il indiqua son intention à Violetta, qui acquiesça et partit en courant. Léo longea le mur, s'éloignant le moins possible, mais une bourrasque faillit le soulever de terre lorsqu'il contourna l'angle de la cour. Des débris volaient partout, heurtant son corps, et il leva une main pour protéger son visage. Une branche souple lui fouetta les chevilles, manquant le faire trébucher. À chaque inspiration, le vent s'engouffrait dans ses poumons.

Pas à pas, il atteignit enfin la cuisine. Violetta l'attendait à l'intérieur, anxieuse, et ouvrit sitôt qu'elle le vit. Il s'effondra presque une fois entré et, à deux, ils repoussèrent le battant.

Lorsqu'il eut repris son souffle, Léo étudia la jeune femme. Elle avait été douchée, elle aussi, lorsqu'elle lui avait ouvert. Ses cheveux étaient collés à son visage, sa robe de soie tachée et couverte de feuillées trempées.

— Cette maudite serrure, maugréa-t-elle. Je suis désolée. Elle ne tournait pas.

— Je n'avais pas imaginé mon mariage comme ça, ironisa Léo.

Violetta pouffa, puis leva les yeux et reprit son sérieux.

— Tu es blessé.

Machinalement, il porta sa main à son front. Ses doigts, lorsqu'il les regarda, étaient couverts de sang.

— Ce n'est rien. Juste une estafilade.

— Assieds-toi, ordonna-t-elle. Il y avait une trousse de secours, ici, si je me souviens bien.

— Le placard près de la porte, là-bas.

Combien de fois s'était-il assis dans cette pièce, couvert

de bleus, de bosses et d'égratignures diverses, pendant que sa grand-mère s'occupait de lui comme une infirmière ? Léo s'en souvenait d'autant mieux que personne, en général, ne se souciait de lui à moins d'être payé pour le faire.

Armée de désinfectant, de compresses et de pansements, Violetta revint vers lui en hâte. Tandis qu'elle s'absorbait dans l'étude de sa blessure, il en profita pour l'étudier, elle. Ses yeux, maintenant qu'il les voyait de près, étaient étonnants. Ils n'étaient pas simplement marron, mais d'un chocolat profond qui s'illuminait d'éclats dorés lorsqu'elle s'enflammait ou, mieux encore, lorsqu'elle riait.

— Tu recommences, observa-t-elle.

Au sourcil interrogateur qu'il leva, elle précisa :

— Tu me fixes intensément.

— J'admire juste la couleur de tes yeux, répondit Léo. Je ne l'avais jamais remarquée.

Sa fiancée émit un son moqueur, mais il vit qu'il lui avait fait plaisir. Il serra les dents quand elle tamponna sa blessure à l'aide d'une compresse imbibée de désinfectant, mais elle procéda avec douceur, nettoyant soigneusement la plaie avant d'y appliquer un pansement.

— Et voilà, c'est réglé.

— Je ne vais pas mourir, alors ?

— Pas de ça.

— Hmm. Si j'étais mort dans la tempête, ça t'aurait évité bien des ennuis.

— Je ne compte pas t'épouser. Que tu sois mort ou non ne fait donc pas la moindre différence.

— Ta sollicitude me va droit au cœur.

Tandis qu'elle remballait la trousse de premiers soins, il décida de tenter une petite expérience. Comme si de rien n'était, il se redressa et entreprit de déboutonner sa chemise. Violetta ouvrit des yeux ronds comme des soucoupes lorsqu'il décolla le tissu mouillé de sa peau et posa le vêtement trempé sur une chaise. Sa fiancée fixa son torse nu avec ébahissement, jusqu'au moment où elle surprit son regard moqueur et s'intéressa de nouveau à sa trousse. Elle lâcha trois fois de suite le sparadrap avant de parvenir à l'y ranger.

— Tu as besoin d'aide ?

Elle se détourna, les joues en feu.

— Non, merci.

Léo sourit, satisfait. Le regard qu'elle avait posé sur lui n'était pas celui d'une femme indifférente. C'était même le contraire. Il eut l'impression qu'il venait d'entrevoir la véritable Violetta, passionnée, bouillonnante, à mille lieues de la potiche qui l'avait accompagné à deux ou trois événements mondains avant ce jour.

Il restait encore quelques heures avant minuit. Avec un peu de chance, la tempête passerait et leur permettrait de rentrer au château pour se marier. S'il parvenait à la persuader de changer d'avis.

Car il ne renoncerait pas aussi aisément à San Nicolo. Le duché était tout ce qui comptait à ses yeux.

# 4.

Violetta savait évidemment que son fiancé était un homme athlétique. Mais le voir presque nu, à quelques centimètres d'elle à peine…

Elle déglutit, luttant de toutes ses forces contre la sensation de chaleur qui consumait ses joues. La tête enfouie dans le placard, elle fit semblant de ranger la trousse, s'attardant plus que nécessaire. La peau de Léo était olivâtre, presque dorée, comme s'il passait du temps à l'extérieur. Ses muscles évoquaient davantage la statuaire grecque antique qu'un homme moyen – mais qu'y avait-il de « moyen » chez lui ?

Avec un mélange déconcertant de déception et de soulagement, elle constata qu'il venait d'enfiler sa veste quand elle se retourna. Il ne l'avait pas fermée, au grand dam de Violetta qui fit de son mieux pour ne pas fixer béatement ses pectoraux.

— Nous sommes trempés, déclara-t-elle en étudiant un point distant. Il faut que nous nous changions.

— Je me demande si la galerie de costumes de grand-mère est toujours là.

— Ceux de ses bals costumés ? fit Violetta, soudain excitée. Tu crois ?

— J'ai demandé que ses effets personnels soient emballés. Mais ces tenues ont peut-être été prises pour de la décoration…

Chaque année, les grands-parents de Léo avaient l'habitude de donner un bal costumé, l'un des événements les plus en vue du calendrier mondain. Sa grand-mère avait perpétué la tradition après son veuvage. À l'issue de chaque bal, quelques costumes étaient sélectionnés pour rejoindre sa collection.

— Je vais voir s'ils sont là, déclara Léo. Occupe-toi de nous trouver quelque chose à manger.

Il se dirigea vers l'escalier, pas fâché d'avoir quelques instants à lui. Tout ce qu'elle avait dit sur son compte, sur la façon dont il s'était comporté envers elle… Était-il vraiment devenu ce genre d'homme, aussi froid et insensible que son père ? L'idée le terrifiait.

Ses pas résonnèrent dans la demeure lorsqu'il traversa le foyer. Le château Elisabetha ne lui avait jamais paru si lugubre, sans doute parce que sa grand-mère avait toujours été là lors de ses visites. Cette solitude, cette impression de vide, le peinait. Une maison était faite pour être habitée.

Sur le palier, des portraits des chiens adoptés par son aïeule le regardèrent passer. L'un n'avait qu'un œil, un autre une oreille, un autre encore trois pattes. Mais tous avaient été aimés et choyés. Léo les dépassa, ignorant leurs regards de reproche. Il n'accorda pas davantage d'attention aux chambres du premier étage et se dirigea droit vers le dernier. Sous un plafond rampant qui laissait voir la majestueuse charpente, des placards couraient le long de tout un mur. Léo ouvrit le premier, et sourit.

*Bingo.*

Les costumes de sa grand-mère étaient là, protégés par des housses de lin. Il ouvrit la première. Elle contenait une robe de soie bleue exubérante et une perruque blanche : Marie-Antoinette avait autrefois assisté au bal. La housse suivante, en parfait contraste, abritait une tenue de pom-pom girl aux couleurs de Grimentz.

Une vision s'imposa à Léo, où Violetta satisfaisait ses appétits sensuels vêtue cette tenue. Il la chassa aussitôt, mais en resta troublé. La fugitive, apparemment, ne le laissait pas aussi indifférent qu'il l'avait cru.

— Pourquoi tu souris comme ça ?

Il sursauta et leva les yeux. Violetta le dévisageait depuis le seuil, un sourcil haussé en accent circonflexe.

— Je t'imaginais là-dedans, expliqua-t-il avec franchise, levant la minijupe d'une main, secouant les pompons de l'autre.

— Je vois. De mon côté, j'ai de moins bonnes nouvelles. À l'exception de quelques conserves, il n'y a rien de frais à manger dans toute la maison.

Léo l'étudia de la tête aux pieds, s'attardant sur le dessin de ses hanches et la courbe de ses seins, et répliqua :

— Je ne dirais pas ça.

Violetta leva les yeux au ciel et fit mine d'être outrée. Mais la rougeur qui colorait ses joues était évidente. Puis elle le rejoignit et ouvrit la première housse.

— Marie-Antoinette ? Certainement pas.

Les housses suivantes furent ouvertes à leur tour. Une sirène. Une toge de la Rome antique. Un costume de petit rat de l'Opéra pour *Le Lac des cygnes*. Ce dernier arrêta Violetta, qui caressa les plumes ornant le tutu. Léo la vit soupirer, puis reprendre son exploration. Après quelques minutes, elle revint à l'uniforme de pom-pom girl.

— Puisque celui-ci te plaît, autant que je le mette, déclara-t-elle d'un air de défi.

Sans lui laisser le temps de répondre, elle redescendit, le déguisement en main. Léo entendit ses talons claquer sur le parquet de l'étage inférieur, puis la porte de l'une des salles de bains se refermer. Un courant d'air le fit frissonner sous sa chemise mouillée et lui rappela qu'il devait lui aussi se changer. Traversant le grenier, il se dirigea vers la penderie consacrée aux costumes pour hommes.

Le premier placard qu'il ouvrit, malheureusement, contenait un costume féminin. Et il connaissait très bien celle qui l'avait revêtu : c'était sa propre mère.

Le prince Friedrich avait été particulièrement strict quant aux tenues que son épouse pouvait porter. Il avait toujours le dernier mot, et le choix se devait d'être digne : une héroïne de la mythologie, une femme célèbre pour sa contribution à l'Histoire. Ni sirène ni pom-pom girl pour Giovanna von Frohburg.

Avec précaution, Léo sortit la coiffe bleu lazuli de la reine Nefertiti de sa housse. Il se rappelait exactement le bal où sa mère s'en était parée. Le costume avait sublimé sa beauté. Léo, depuis la cachette d'où il suivait la fête, avait été profondément impressionné quand sa mère avait descendu le grand escalier au bras de son mari. Sa mère qu'il adorait.

Sa mère qui l'avait abandonné.

Le Prince Friedrich avait eu l'embarras du choix, lorsqu'il avait dû sélectionner une épouse parmi la noblesse européenne. Il avait mal choisi. Giovanna avait apprécié son statut, mais ni les attentes ni les restrictions qui l'accompagnaient. Elle n'avait pas davantage aimé l'homme qui l'avait élevée au rang de princesse en l'épousant. Il était trop sérieux, trop strict, obsédé par son désir de récupérer le grand-duché. Rien d'amusant ni de léger n'était permis dans sa vie. Personne ne s'était donc étonné lorsque sa jeune épouse était allée chercher distraction, puis affection, ailleurs. La seule surprise était qu'elle soit restée si longtemps avec son mari. Léo était déjà adolescent lorsqu'elle était enfin partie.

À quatorze ans, Léo s'était cru un homme. Le jour où sa mère avait déserté le domicile conjugal, il avait compris qu'il n'en était rien. Il avait pleuré comme l'enfant qu'il était encore. Il se rappelait le moment comme si c'était hier. Seb était entré dans sa chambre, catastrophé.

— Tu ferais bien de venir. Tes parents ont eu une énorme dispute, et tante Giovanna s'en va.

Léo avait trouvé les quartiers de sa mère sillonnés de serviteurs occupés à remplir des malles. Leur propriétaire, d'un revers de bras, faisait glisser tous ses produits de toilette pêle-mêle dans une valise.

— Ne t'en va pas, avait-il gémi.

— J'ai enfin trouvé un homme qui m'aime. Pas comme ton père.

— Mais je t'aime, moi.

D'un air distrait, sa mère lui avait tapoté la joue.

— Je sais. Nous nous verrons bientôt. Promis.

Léo l'avait suivie jusqu'à la cour du château, la suppliant de ne pas l'abandonner. N'obtenant pas de résultat, il avait tenté de la retenir en s'accrochant à elle, ce qui avait forcé ses gardes du corps à les séparer. Après le départ de Giovanna, son cousin avait tenté de le consoler. Mais Seb était plus jeune, plus petit. Léo, ivre de chagrin, l'avait repoussé.

Les serviteurs avaient détourné les yeux, les gardes regardé droit devant eux. Seb, assis sur les pavés, s'était mis à pleurer. Du premier étage, une silhouette avait assisté à la scène, immobile, le seul à ne pas manifester la moindre émotion. Léo, submergé par la colère, avait grimpé les escaliers quatre à quatre et déboulé dans le bureau de son père.

— C'est à cause de toi ! avait-il hurlé. C'est toi qui l'as chassée !

Son père s'était avancé vers lui, les bras ouverts. Ce geste avait sidéré Léo, peu habitué à la moindre manifestation d'affection de sa part. Mais d'affection, il n'avait pas été question. Son père l'avait agrippé d'une main par l'épaule, et l'avait giflé de l'autre.

— Arrête de te donner en spectacle et reprends-toi. Tu es un prince. Quel genre de souverain feras-tu si tu ne sais pas contrôler tes émotions ? Je ne veux pas d'une mauviette pour fils.

Léo s'était figé, abasourdi, et son père l'avait aussitôt relâché. C'était un homme qui ne perdait jamais le contrôle de lui-même. Même sa colère était calculée, dosée afin de ne pas durer une minute de plus que nécessaire.

— J'ai donné une chance à ta mère. Je lui ai proposé de partir rejoindre son amant, à la condition de ne pas te revoir. Elle a choisi de partir.

Cette révélation avait assommé Léo. La mère qu'il adorait l'avait abandonné à un père glacial et sans cœur. Il avait résolu, ce jour-là, de ne plus jamais se retrouver dans une telle position de vulnérabilité.

Pour ne pas pleurer, il avait fixé un pan de mur entre deux portraits d'ancêtres, deux aïeux à l'allure pompeuse qu'il détestait depuis ce jour. Lorsque le bureau de son père était devenu le sien, il avait banni les portraits pour les reléguer dans un couloir obscur.

Après ce jour, il n'avait plus jamais cherché à satisfaire son père, au contraire. Il avait désobéi à chaque occasion, courtisé le scandale. Seul le cachet que son titre offrait à son école l'avait empêché d'être renvoyé. Enfin adulte, il avait longtemps traîné une réputation de fêtard et de séducteur, laissant un sillage de cœurs brisés dans toute l'Europe. Même Sébastien paraissait alors plus sage par comparaison.

Si Léo avait mûri et s'était assagi, il n'avait pas oublié les réprimandes de son père. Il n'avait plus jamais exprimé ses émotions profondes. Était-ce la raison du départ de Francesca ? Était-il devenu comme son géniteur ?

Cette psychanalyse, décida-t-il, ne servait à rien pour l'instant. Il avait une fiancée à convaincre. Sa grand-mère avait conservé le costume de Giovanna, sa fille, mais elle aussi avait été affectée par son départ, devenant du jour au lendemain une paria. On lui avait interdit de voir son petit-fils. Léo s'était d'abord rebellé, jusqu'au jour où il avait appris que sa grand-mère avait permis à Giovanna et à son amant de se retrouver en secret au château Elisabetha. Léo ne le lui avait jamais pardonné, même lorsqu'elle lui avait écrit, quand il était devenu adulte, pour s'expliquer. Elle n'avait jamais approuvé les choix de sa fille, mais avait voulu son bonheur, et espérait qu'un jour lui aussi, Léo, comprendrait ce que c'était que de sacrifier quelque chose par amour.

Jamais. Non, jamais il ne comprendrait une chose pareille. L'amour était une émotion dangereuse, une altération du jugement. Il ne commettrait pas l'erreur d'y succomber de nouveau.

Tous les étés, il avait reçu une invitation de sa grand-mère à lui rendre visite. Il n'y avait jamais répondu. Elle passait le reste de l'année près de Paris, où il ne lui avait pas davantage rendu visite.

Malgré cela, à chaque anniversaire, à chaque Noël, il avait reçu un cadeau soigneusement choisi et une carte manuscrite. Puis, à sa mort, sa grand-mère lui avait légué le château, là encore accompagné d'un message :

*Tu fus heureux en ces lieux, mon chéri. Puisses-tu l'être de nouveau un jour.*

La vieille dame n'avait pas mérité d'être traitée ainsi, il le reconnaissait. Elle avait été simplement coupable d'aimer sa fille.

— Je vais avoir besoin de ton aide pour sortir de cette robe.

Sur le seuil, se tenait une autre femme décidée à obtenir ce qu'elle désirait, quelles qu'en soient les conséquences pour lui. Sa mère. Francesca. Et, maintenant, Violetta.

D'un geste brusque, il rangea la coiffe de Nefertiti et referma la porte de la penderie.

— Je croyais que tu étais dégoûtée à l'idée que je te touche ? ironisa-t-il.

— J'ai juste besoin que tu découpes cette tenue, rien de plus.

— Que je la découpe ? Tu veux dire qu'on l'a cousue sur toi ? Ce genre de chose se fait encore ?

— On l'inflige encore à des femmes comme moi, si c'est ce que tu veux dire. Personne n'a envie d'être coincée dans une robe dont elle ne peut pas sortir toute seule. Pourquoi crois-tu que je me sois enfuie habillée ainsi ?

Puis elle tourna les talons. Avec un soupir, Léo lui emboîta le pas. Apparemment, il n'allait pas se changer tout de suite…

Violetta sentait peser sur elle le regard de Léo, tandis qu'ils descendaient vers la chambre qu'elle avait choisie pour se changer.

Pourquoi avait-elle opté pour un costume si provocant ? Parce qu'elle avait lu une lueur de désir dans les yeux de son compagnon ? Pour flirter avec lui ? Il était pourtant censé la dégoûter.

— Je pensais que ma robe se déchirerait si je tirais dessus, expliqua-t-elle, embarrassée, lorsqu'ils entrèrent dans la chambre. Mais elle est résistante, et je n'arrive pas à défaire les premiers boutons dans mon dos… Ils sont tellement petits que tu n'y arriveras pas non plus, ajouta Violetta quand Léo se pencha sur elle. Tu as quelque chose pour la couper ?

— Sur moi ? Bien sûr que non.

— Tu n'as pas un couteau suisse ou quelque chose du genre ? Je croyais que la garde de Grimentz était toujours prête à agir ?

— Tu me pardonneras de ne pas avoir songé à m'armer d'un couteau le jour de mon mariage.

— J'ai fouillé la maison, mais toutes les affaires de toilette ont été déménagées, comme tu l'as dit.

— Je pourrais aller chercher un couteau dans la cuisine, si tu ne tremblais pas comme une feuille. Tu vas finir par attraper froid dans cette robe trempée. Tu dois l'enlever, et vite. Je vais essayer de la déchirer.

Il tira sur l'ourlet, d'abord doucement, puis plus fort. Rien ne se passa. Du bout des doigts, il effleura sa nuque, et Violetta oublia instantanément qu'elle avait froid.

— Désolé, mais il va falloir que je te touche.

La toucher ? N'était-ce pas ce qu'il était déjà en train de faire ?

*Oh...*

Lorsqu'il avait parlé de la toucher, elle n'avait pas un instant pensé à ses lèvres. Le souffle de Léo lui brûla la peau, puis ses dents s'attaquèrent aux coutures. Violetta agrippa son costume de pom-pom girl de toutes ses forces, priant pour que la torture s'arrête. Ou qu'elle continue, elle n'était plus trop sûre.

Enfin, elle entendit un bruit de tissu déchiré, puis sentit la caresse de l'air frais sur sa colonne.

— Ça ira comme ça ? demanda son compagnon d'une voix rauque.

À force de contorsions, Violetta parvint à s'extraire du bustier. Mais elle portait tant de sous-couches et de jupons divers qu'elle était incapable de sortir de la robe, alourdie par la pluie, sans assistance.

— Euh, je crois que je vais encore avoir besoin de toi, dit-elle en se retournant.

Léo, qui fixait sa nuque, releva les yeux et acquiesça.

— Bien sûr.

Il se pencha, agrippa les pans de la robe et l'aida à la faire passer par-dessus la tête de Violetta. Le tissu se prit dans la tiare, et ils durent lutter un moment avant de la libérer. Puis Léo émit son rauque – il venait sans doute de prendre conscience de son défi suivant. Il fallait desserrer les lacets qui maintenaient son corset.

Après quelques secondes, Violetta sentit le carcan qui l'oppressait se relâcher. Elle couvrit aussitôt ses seins nus, mais Léo déclara :

— Je ne regarde pas.

En hâte, Violetta enfila son déguisement et jeta un coup d'œil derrière elle. Léo s'était détourné et, avec un soin touchant, s'efforçait de draper la robe sur le lit. Ses joues étaient rouges. Il n'exsudait pas la même indifférence glaciale que d'habitude.

Lorsqu'elle tendit la main pour remonter la fermeture dans son dos, elle découvrit une nouvelle difficulté.

— Je n'arrive pas à l'atteindre. Tu peux la remonter pour moi ?

Léo avait menti – il avait regardé. Pas volontairement, et pas longuement, mais il avait entrevu une paire de fesses rondes, des cuisses délicieuses, et le frou-frou de sous-vêtements blancs. Pour masquer sa réaction, il avait entrepris de s'occuper de la robe. Comment Violetta avait-elle pu courir dans un tel carcan ? Il l'admirait presque quand il y songeait.

Le spectacle, en tout cas, lui avait plu. Sous plusieurs couches de satin et de soie, la jeune femme cachait un corps aux courbes discrètes, à la peau parfaite. Il ne put s'empêcher de fixer le dessin de sa colonne vertébrale quand il revint vers elle, et fit de son mieux pour ne pas toucher son dos nu en saisissant la fermeture. Pas parce qu'elle avait affirmé le trouver répugnant – il savait qu'elle mentait. Mais elle devait avoir une bonne raison de le faire.

— Alors ? Tu en penses quoi ? demanda-t-elle en pivotant vers lui.

Il déglutit, soudain oppressé. La jupe était trop courte, et révélait bien trop de ses jambes. Quant au haut, il moulait des seins petits et fermes, soulignait la finesse de ses épaules, de sa taille, le dessin de ses hanches.

— C'est bien, bougonna-t-il, fourrant ses mains dans ses poches. Sauf que…

D'un geste, il désigna les cheveux de Violetta, qui se pétrifia.

— Qu'est-ce que c'est ? J'ai une araignée sur la tête ?

— Non. Juste une tiare irremplaçable.

— Oh. Je l'avais presque oubliée. C'est sans doute la tenue de pom pom girl la plus chère de l'histoire, remarqua-t-elle en riant.

C'était un simple éclat de rire, un rire de rien du tout. Alors pourquoi fit-il palpiter le cœur de Léo ? C'était à n'y rien comprendre.

— Je vais continuer d'explorer la maison, annonça-t-il après s'être éclairci la gorge. Au cas où la tempête s'aggraverait.

La sonnerie du téléphone, dans la grande entrée, arrêta net Léo lorsqu'il la traversa. Violetta, qui l'avait suivi, le vit décrocher, puis acquiescer.

— Entendu. Nous ne bougeons pas.

— Que se passe-t-il ?

— Il semble que nous soyons coincés. C'était le chef de ma sécurité. La route entre la maison et le portail est bloquée par la chute d'un arbre.

— Ils n'ont pas de 4x4 ? Ils ne peuvent pas le contourner ?

— Si c'était aussi simple, ils le feraient.

Aussitôt, Violetta se précipita vers la fenêtre.

— Mais il faut que je rentre ce soir à San Nicolo.

— C'est là que tu aurais dû fuir, alors.

Avisant son expression paniquée, il ajouta d'un ton plus doux :

— La tempête est plus grave qu'annoncée. Mais, si tu y tiens à ce point, je suis sûr que tu pourras rentrer demain.

— Demain ? Je dois rentrer avant ! Mon oncle pourrait… Oh ! et puis, qu'importe…

— Crois-moi, je n'ai pas davantage envie de rester là. Mais nous n'avons pas le choix. Alors autant en prendre notre parti.

— Je ne serais pas dans cette situation sans toi ! s'emporta Violetta. Tout est ta faute !

— C'est vrai, fit son compagnon avec un geste théâtral. Les éléments m'obéissent. Je déclenche des tempêtes à ma guise.

— Pourquoi n'utilises-tu pas tes pouvoirs pour me faire disparaître ? Comme ça, tu obtiendras le grand-duché sans avoir à m'épouser.

— Et toi, si tu arrêtais de te comporter comme une enfant gâtée et que tu m'aidais à fouiller la maison ? Nous y trouverons peut-être des choses utiles si nous devons y passer la nuit.

Une enfant gâtée, elle ? Quand l'avait-elle été ? Qui l'avait jamais traitée comme si elle avait la moindre importance ? Personne, à aucun moment de sa vie. Cette injustice suffit à l'enrager.

— Je ne suis pas chez moi dans cette foutue maison ! cria-t-elle. Alors débrouille-toi tout seul !

Puis elle entra dans le premier salon qu'elle trouva et claqua la porte derrière elle.

# 5.

Violetta arpentait le salon, angoissée. Qu'allait-elle faire, maintenant ? Comment rentrer chez elle à temps pour faire reconnaître ses droits ?

La réponse était simple : c'était impossible. Elle ne pourrait pas empêcher son oncle de prendre le pouvoir s'il le voulait. Oserait-il le faire ? Après qu'elle avait fui son fiancé, il pouvait la dépeindre comme incapable de gouverner et convaincre les ministres de le soutenir.

Au-dessus de sa tête, des bruits de pas se firent entendre. Luisa et elle n'avaient pas un instant songé qu'elle se retrouverait prisonnière d'un château de Grimentz, en compagnie de l'homme qu'elle avait abandonné devant l'autel. À en juger par les bruits, Léo avait regagné le grenier. Avec un peu de chance, il passerait la jambe dans une planche pourrie et resterait coincé quelques heures. Quand il était près d'elle, Violetta était incapable de réfléchir.

Machinalement, elle se frotta la nuque, songeant en frissonnant à la sensation de ses dents contre sa peau. Puis elle se ressaisit – il n'y avait pas un instant à perdre. Elle devait élaborer un plan d'action. Pouvait-elle prendre le risque d'appeler Luisa pendant qu'il était à l'étage ? Sa sécurité intercepterait-elle l'appel ? Elle devrait utiliser le téléphone de la maison, car on lui avait confisqué son portable la veille. En tout cas, elle ne l'avait pas trouvé dans ses affaires ce matin. On lui avait expliqué qu'il était avec le reste de ses bagages mais, lorsqu'elle l'avait réclamé, personne ne le lui avait apporté.

Le bruit des pas, au-dessus de sa tête, indiqua que Léo redescendait. Violetta cessa d'arpenter la pièce pour se forcer à réfléchir. Que faire ? Nul ne pouvait approcher le château tant que la tempête faisait rage.

Elle ôta ses chaussures de mariage, qui n'allaient plus avec sa nouvelle panoplie, et s'apprêtait à faire de même avec sa tiare lorsqu'elle se ravisa. Le bijou lui rappelait qu'elle s'apprêtait à devenir grande-duchesse. Et, à ce titre, elle ne laisserait aucun homme, quelle que soit sa puissance ou ses pouvoirs de séduction, la détourner de son but.

De fort mauvaise humeur, Léo remonta vers le grenier. Comment Violetta osait-elle l'accuser d'être responsable de la situation, quand c'était elle qui s'était enfuie et qui avait choisi de se réfugier ici ? Il grimpa l'escalier quatre à quatre, se répétant que son état d'esprit n'avait rien à voir avec sa peau couleur de miel, ni avec le parfum qui l'avait enivré lorsqu'il y avait posé les lèvres.

Rouvrant les penderies, il finit par trouver des vêtements secs et se changea. Tout en s'habillant, il réfléchit à la meilleure façon de convaincre Violetta. Son espoir d'une victoire rapide s'était fracassé contre une fermeté inattendue.

Léo devait admettre que les femmes qui traversaient sa vie n'y figuraient jamais très longtemps. Un jour ou deux, au plus, car il préférait mettre fin à une relation avant qu'elle ne se complique. Il ne donnait pas dans le long terme, point final. Mais il se targuait d'être un agréable compagnon de dîner, et un amant attentif.

Il prit une inspiration, puis se concentra sur son problème. Violetta et lui étaient coincés ici et n'y pouvaient rien. Il devait donc se concentrer sur ce qu'il était capable d'influencer. Mentalement, il fit un état des lieux. Ils avaient un toit et quelques boîtes de conserve. Côté literie, un rapide examen des chambres lui permit de constater que tous les draps avaient été enlevés. Ce ne fut que dans les quartiers des domestiques qu'il trouva enfin deux lits simples faits, et deux salles de bains équipées de produits de toilette intacts. Les deux chambres étaient situées du côté le moins exposé à la tempête, ce qui leur permettrait de dormir malgré le vent qui hurlait. La tempête se déchaînait de plus belle, et la vieille maison craquait sous ses assauts

Un cagibi, au rez-de-chaussée, lui offrit des torches et des lampes-tempête, ainsi que des bougies et des allumettes. Il ne trouva ni radio ni télévision, juste le vieux lecteur CD de sa grand-mère.

En d'autres circonstances, Léo n'aurait pas eu de mal à tuer le temps avec Violetta. Il n'avait qu'à repenser à ses épaules nues, à ses fesses moulées par son jupon, pour que son sang se mette à bouillir. Mais cela supposait un consentement qu'elle ne semblait pas désireuse de lui accorder. Plus exactement, tout le corps de Violetta disait oui, mais ses lèvres disaient non. Cette volonté était sacrée. Il devait absolument découvrir pourquoi elle refusait de l'épouser.

Il n'y avait pas d'autre homme dans l'équation, il en était sûr. Elle le lui aurait dit, l'excuse aurait été trop belle pour refuser le mariage. Au lieu de cela, elle avait inventé un mensonge, affirmant qu'elle le trouvait repoussant.

Armé de ce qu'il avait trouvé dans les placards, Léo revint vers la cuisine. Violetta n'y était pas. Après avoir déposé son fardeau, il se mit en quête de sa fiancée, passant de pièce en pièce tout en l'appelant. Il finit par repérer une porte ouverte, dont il savait qu'elle conduisait à la salle de bal.

Il glissa un œil à l'intérieur, intrigué. Les volets étaient fermés, mais la lumière de l'entrée et celle du jardin permettaient d'y voir. Violetta était assise au milieu de la pièce. Elle était remontée chercher des chaussons de danse dans le grenier et nouait leurs rubans autour de ses chevilles. Stupéfait, il la vit se redresser, puis monter sur pointes.

Léo avait remarqué la grâce de ses mouvements, sa façon presque féline de se déplacer. Il en comprenait, à présent, la raison. Dans la pénombre, elle enchaîna une série de pirouettes, une arabesque, un jeté, agile comme une gazelle, comme suspendue par des fils invisibles. Captivé, il se surprit à songer que l'homme qui gagnerait le cœur d'une femme si passionnée aurait de la chance. Il fronça aussitôt les sourcils – d'où lui venait cette idée ridicule ?

Au même instant, Violetta l'aperçut. Elle se figea, se dirigea vers lui et referma la porte de la pièce en sortant, comme pour effacer le souvenir de ce qu'il avait vu. Mais Léo savait que cette scène serait à jamais gravée dans son esprit.

— Je suis désolée, fit Violetta. J'aurais dû me rendre utile, mais…

— Tu aimes danser.

— Oui, marmonna-t-elle, le dévisageant d'un œil méfiant.

— Et tu n'as pas pu résister à l'appel de la salle de bal.

— Non.

— C'est pareil pour moi lorsque le vent souffle et que le lac m'appelle. Il faut que je navigue. Sur mon voilier, j'ai l'impression de voler.

Il vit, à l'expression de la jeune femme, qu'il l'avait surprise. Apparemment, elle en savait aussi peu sur lui que lui sur elle.

Vivement, elle le contourna et traversa l'entrée.

— Retournons dans la cuisine.

— C'était très beau à voir, déclara Léo sans bouger.

Elle se retourna, presque malgré elle. Dans la pénombre, sa tiare accrochait la moindre particule de lumière. Avec son costume de pom-pom girl et ses chaussons de danse, elle évoquait une ballerine, version punk.

— J'aimerais te revoir danser. C'est possible, plus tard ?

— Absolument pas. Je n'ai jamais dansé que devant mes professeurs.

Puis elle disparut. Léo soupira, dérouté par la tournure des événements. Décidément, avec cette fille, il n'était pas au bout de ses surprises…

Le cœur de Violetta, après cet échange, battait la chamade. Personne ne l'avait jamais vue danser. Absolument personne. Elle s'en voulait de s'être laissé surprendre.

Quand Léo entra à son tour dans la cuisine, il posa sur elle un regard étrange, mélange de perplexité et d'admiration, qui lui donna l'impression de fondre.

— Pourquoi n'as-tu jamais dansé en public ? demanda-t-il, refusant apparemment de lâcher le sujet. Tu es douée.

— Ce n'est pas la question. C'est juste que…

Il venait d'allumer, et elle vit soudain ce qu'il portait.

— De tous les déguisements disponibles là-haut, tu as choisi ça ?

Il avait opté pour une chemise blanche à col Mao et un pantalon noir. Un ensemble presque identique à celui qu'il remplaçait.

— Je suis déguisée en pom-pom girl avec un penchant pour la danse classique, et tu es déguisé en… toi-même ?

— C'est approprié.

— Personne d'autre que moi ne te verra, ici. Tu ne peux pas te détendre un peu ? Ce qu'on dit de toi est vrai ? Tu ne sais pas t'amuser ?

— Difficile de s'amuser lorsque l'on dirige un pays.

— Tu ne diriges pas un pays, ici. Nous sommes deux idiots coincés dans une maison trop grande par une tempête. Alors détends-toi.

— Si je me détends, tu pourrais le faire aussi et danser pour moi…

Violetta s'assombrit, inexplicablement troublée par sa requête.

— Ce n'est pas du tout pareil.

— Vraiment ? Pourquoi ? demanda Léo avec douceur.

— Je te l'ai dit. Je n'ai jamais dansé que pour moi.

— Oui, tu l'as dit, et tu n'as toujours pas répondu à ma question : pourquoi ?

Violetta traça un petit cercle au sol, de la pointe d'un chausson, se demandant à quel point elle voulait se confier.

— Parce que c'est mon espace de liberté. Ma façon de briser les chaînes que l'on m'impose.

— Continue.

— Lorsque ma sœur s'est enfuie, reprit Violetta après une hésitation, je suis devenue l'héritière du duché, et le peu de liberté qui me restait a disparu. Mon père avait toujours été strict, mais c'est devenu pire après le départ de Francesca. La seule activité que j'aie pu continuer à pratiquer, c'était la danse. Mon père pensait qu'elle ferait de moi une femme élégante et gracieuse, une parfaite épouse pour toi. Une simple décoration.

— Je suis désolé, répondit Léo en fronçant les sourcils. Je n'ai jamais voulu d'une épouse décorative.

— Vraiment ? Dans ce cas, pourquoi n'as-tu pas fait le moindre effort pour apprendre à me connaître ?

De nouveau, il ouvrit la bouche pour protester, mais la referma presque aussitôt et hocha la tête. Elle avait raison.

— Quoi qu'il en soit, personne n'a jamais réussi à détruire le plaisir que j'éprouve à danser. J'ai juste appris à le garder pour moi. Ma famille ne s'est jamais vraiment intéressée à ce que je faisais.

Et Léo pas davantage, songea-t-elle, même s'il prétendait désormais le contraire. Il tentait simplement de la convaincre de l'épouser.

— Voilà pourquoi, à part mes compagnons de classe et mes professeurs, personne ne m'a jamais vue danser.

Bien entendu, elle valsait de temps en temps lors de soirées, mais il était facile de se cacher derrière ces danses de salon. Violetta avait appris à ne pas s'exposer. Montrer qui elle était vraiment, c'était risquer le ridicule, l'humiliation, perdre tout respect d'elle-même jusqu'à devenir une ombre. Francesca s'était sauvée pour échapper à ce destin, mais Violetta refusait cette solution. Elle voulait conquérir son indépendance. Elle réaliserait ses rêves sans rien demander à personne. Léo était le dernier obstacle sur son chemin. Même s'il se montrait charmant en cet instant précis, Violetta n'oubliait pas qu'il avait renvoyé tout son entourage. Car qui d'autre aurait fait une chose pareille ? Le régent ? Il se moquait bien d'elle, mais il n'était pas cruel. Et il était trop occupé à diriger le duché. Tous les indices accusaient Léo, qui avait sans doute voulu l'entourer d'hommes et de femmes dévoués à sa propre personne.

Violetta redressa le menton, bien décidée à ne pas le laisser mettre sur la main sur le grand-duché. Même si les mains en question la troublaient plus que de raison…

Instinctivement, elle se déplaça pour mettre la table de la cuisine entre eux. Comme s'il avait senti son changement d'humeur, son compagnon la dévisagea en plissant les yeux.

— Puisque tu parles enfin à cœur ouvert, si tu me disais *vraiment* pourquoi tu ne veux pas m'épouser ?

Il avait parlé d'une voix calme, mais une autorité incontestable la sous-tendait.

— Je sais que tu mens, reprit-il. Quand je t'ai touchée, j'ai vu tout de suite que tu ne me trouvais pas repoussant. Comme tu ne t'es pas privée de le souligner, j'ai pas mal d'expérience en la matière…

À son tour, il contourna la table. Violetta se figea, en proie à l'impression qu'un loup s'approchait d'elle, aussi puissant qu'affamé. Impossible de fuir. Malgré elle, elle agrippa le dossier d'une chaise, si fort que ses phalanges en blanchirent. Puis elle se morigéna. Que pouvait-il lui faire ? Absolument rien. Relâchant la chaise, elle se força à affronter son regard.

— Très bien, je vais te le dire, puisque tu y tiens tant. Je ne veux pas t'épouser car je compte devenir grande-duchesse et faire valoir mes droits au trône. Après quoi je transformerai San Nicolo en démocratie.

Comme si le destin lui-même se mêlait de l'affaire, un éclair aveuglant illumina la pièce au même instant, soulignant l'expression incrédule de Léo. Sitôt après, un coup de tonnerre ébranla les fondations du château. Les plombs sautèrent, et Violetta cria.

Dans la pénombre, elle vit Léo se diriger vers le téléphone. Il décrocha, puis le reposa sèchement.

— Plus de communication. Je vais voir le disjoncteur.

Il reparut quelques instants après, et secoua la tête.

— Un arbre a dû tomber sur les lignes.

— Que faisons-nous, maintenant ? demanda Violetta en regardant autour d'elle.

— La même chose qu'avant. Nous attendons. Nous avons des bougies et un réchaud à gaz.

Réprimant un frisson, Violetta se frotta vigoureusement les bras. Prisonnière de cet homme, et maintenant dans le noir…

— Très bien, dit-elle, se ressaisissant enfin. Voyons ce

qu'il y a dans les placards… Ah, deux boîtes de conserve. Tu préfères du gratin dauphinois ou des raviolis ?

— En boîte ? fit Léo d'un air outré.

— Réjouis-toi, il y a aussi des lentilles.

— Dommage que tu ne te sois pas enfuie avec le van du traiteur… Nous aurions eu de quoi manger.

— Tu peux parler. Tu as mis notre seul moyen de transport dans le fossé.

— Je n'ai pas mis ma voiture dans le fossé. C'était une ornière impossible à éviter. Et ça ne serait pas arrivé si je n'avais pas dû te poursuivre.

— Pourtant, je me suis débrouillée pour ne pas rouler dans ce trou, ironisa Violetta, ouvrant une des boîtes pour en verser le contenu dans une poêle.

— Une Ferrari ne se conduit pas comme un van.

— C'est vrai. Mon van de fleuriste a l'avantage d'être pratique, lui.

— Bien entendu. Quelques arrangements floraux, rien de tel pour aller s'isoler dans une maison au milieu de nulle part, sans électricité et presque sans rien à manger.

Puis il se pencha sur la poêle, huma le fumet du gratin et fit la grimace.

— Si le goût est à l'avenant de l'odeur, c'est mal parti.

— Ne fais pas le difficile. Au moins, nous aurons quelque chose à nous mettre dans le ventre. Qu'en est-il de tes hommes, au pavillon de chasse ? Tu crois qu'ils ont de quoi manger ?

Léo se tourna vers la fenêtre et étudia un instant la pluie qui continuait de tomber.

— Je crois qu'ils préféreront jeûner que de manger un tel gratin. Quoi qu'il en soit, ils trouveront sans doute le même genre de choses dans la cuisine du pavillon.

Soudain, son visage s'éclaira :

— Mais ils n'auront pas accès à la cave à vin,

contrairement à nous. Il doit bien rester quelques bouteilles. Attends-moi là.

Il disparut, armé d'une torche, et revint cinq minutes plus tard, deux bouteilles à la main.

— Voilà qui devrait couvrir le goût de ce gratin. C'est la seule chose qui me convaincra d'en manger.

— Je croyais que tu mourais de faim ?

— C'est le cas, mais j'ai encore du goût.

Tout en cuisinant, Violetta s'affaira à mettre la table, sortant verres et assiettes d'un placard avant de les disposer devant eux.

— Tu as l'air très à l'aise dans cette cuisine.

— Ta grand-mère adorait cuisiner. Je l'ai aidée très souvent.

— C'était pareil, lorsque Seb et moi venions. Elle nous faisait travailler. Nous devions écosser, éplucher, émincer. Nous étions motivés parce que nous savions que nous mangerions bien. C'était une excellente cuisinière, acheva Léo, le regard dans le vide.

— J'ai beaucoup appris d'elle. Il m'est arrivé de cuisiner pour Luisa et Rolfe.

Au regard interrogateur de son compagnon, elle précisa :

— Ma camériste et mon secrétaire particulier. Avant qu'ils soient remplacés, en tout cas.

— Et tu crois que j'en suis responsable ? Pourquoi aurais-je fait une chose pareille ? Si ton entourage a été remplacé contre ton gré, c'est l'œuvre de ton oncle !

Violetta avait du mal à y croire. Son oncle, à l'instar de son père, n'était certes pas un homme affectueux. Mais il n'était pas cruel à ce point.

— Pourquoi aurait-il fait cela ? demanda-t-elle d'une voix moins assurée qu'elle ne l'aurait souhaité.

Aussitôt, le visage de Léo s'adoucit.

— Je suis désolé, mais je pense qu'il voulait t'isoler

en éloignant tes soutiens. Est-il possible qu'il ait eu vent de tes intentions ?

— Non. J'ai bien fait attention à ne pas me trahir, et à jouer mon rôle de fiancée docile.

— J'y ai cru moi-même…

— Il le fallait, fit Violetta, l'air contrit. J'avais prévu de m'enfuir la nuit d'avant le mariage, mais mon oncle a soudain annoncé un changement de plans. Je ne devais plus passer ma dernière nuit à San Nicolo mais à Grimentz. J'ai d'ailleurs cru que c'était une stratégie de ta part.

Léo leva un sourcil narquois, et elle soupira.

— C'est bon, j'ai compris. Ce n'était pas toi non plus. Le gratin est prêt…

Avec une grande cuillère, elle partagea le contenu de la poêle entre deux assiettes. Léo remplit leurs verres, puis prit une bouchée du gratin. Violetta se surprit à étudier, fascinée les mouvements de sa mâchoire.

— Verdict ?

— J'ai mangé pire, déclara son compagnon. Mais je parle d'une omelette aux vers qu'un sergent instructeur nous a servie lors d'un stage de survie, quand j'étais dans l'armée.

Après un éclat de rire, Violetta piocha à son tour dans son assiette. Le gratin était acceptable et, surtout, chaud.

— Pourquoi tiens-tu tant à instaurer une démocratie à San Nicolo ? s'enquit Léo entre deux bouchées.

— Parce que je n'ai jamais pu faire ce que je voulais de ma vie. Même si je suis privilégiée, je comprends ce que les gens ressentent. Et, contrairement à ma famille, les habitants du duché ont toujours fait preuve de beaucoup d'affection et de gentillesse envers moi. Je veux le leur rendre.

— As-tu vu quelque chose qui t'a mis ça en tête ? Assisté à une scène en particulier ?

— Oui, concéda Violetta. Tout a commencé par une personne. Un garçon qui n'avait même pas, en guise de compensation, le confort matériel dans lequel je vivais.

— Quel garçon ? Un ancien petit ami ?

La voix de Léo, soudain rauque, intrigua Violetta. Dans la lueur des bougies, ses yeux ne trahissaient rien, mais une tension visible crispait son visage.

— Non, pas un petit ami. Je ne l'ai rencontré qu'une fois, à onze ans. J'accompagnais mes parents à un festival gastronomique. Un adolescent concourait avec le fromage de sa ferme, et il aurait dû gagner. C'était de loin le meilleur, mais mes parents ont donné le prix à l'un de leurs amis. J'ai protesté auprès de ma mère, qui m'a ordonné de me taire. Je suppose que tout cela ne signifie rien pour toi…

— Au contraire. Ce genre de moment nous forme et nous définit.

— Je ne sais même pas pourquoi j'ai essayé d'intervenir. Mes parents ne m'écoutaient jamais. Ils avaient espéré un fils et avaient eu une seconde fille. J'ai toujours eu l'impression que ma mère m'en voulait.

— Tu l'aimais ?

— Qui n'aime pas ses parents ? Mais j'ai vite compris qu'ils ne s'intéressaient pas à moi. C'est terrible à dire, mais ils ne me manquent pas. Il n'y avait rien entre nous. Oncle Guido m'a témoigné plus d'intérêt, même s'il s'agissait simplement de me préparer à devenir une bonne épouse.

— Et quel succès, ironisa Léo. Tu as donc élaboré un plan pour prendre le pouvoir ?

— Je n'ai pas à « prendre » le pouvoir. Il m'appartient de droit, sauf si je me marie. Si je veux servir le peuple de San Nicolo, je dois être libre.

— Libre, répéta Léo, presque mélancolique. Tu crois que je le suis, moi ? Mon destin était tracé dès ma naissance.

Je n'ai jamais eu le choix. En quoi nos positions sont-elles différentes ?

— Tu es sérieux ? Tu crois que c'est comparable ? Tu as *choisi* d'épouser Francesca. À tout moment, tu aurais pu changer d'avis sans la moindre conséquence. Nous, nous n'avions pas notre mot à dire.

Sans crier gare, il lui prit la main gauche, et caressa du pouce ses doigts nus.

— Tu as pourtant dit un « non » retentissant. J'appelle ça avoir le choix.

Troublée, Violetta songea un instant à retirer sa main, mais la chaleur et la force de Léo la réconfortaient.

— Mais tu m'as poursuivi. Et tu comptes me faire changer d'avis, n'est-ce pas ?

— Tu viens de me dire que tu voulais régner sur San Nicolo. Je doute de pouvoir te faire changer d'avis.

Sous le feu de son regard, Violetta sentit un frisson la parcourir. Avec de tels yeux, il pouvait la persuader de faire n'importe quoi, y compris d'agir contre son propre intérêt. Mais cette soudaine compassion n'était sans doute qu'une stratégie pour l'amadouer. S'il n'était pas derrière le renvoi de Luisa et de Rolfe, cela ne le rendait pas inoffensif pour autant. Sitôt la tempête finie, il tenterait de la ramener à Grimentz, elle en était sûre.

D'un geste brusque, Violetta se dégagea.

— La journée a été longue. J'aimerais me reposer un peu.

Bras croisés, Léo se renversa dans sa chaise.

— Il y a deux chambres dans les quartiers réservés au personnel. Prends celle que tu préfères. Rappelle-toi juste, au cas où tu voulais utiliser la salle de bains, que sans électricité l'eau sera froide.

Puis un sourire se dessina sur ses lèvres, et il ajouta :

— Encore que tu apprécierais peut-être les effets d'une douche froide, grande-duchesse ?

# 6.

Léo, songeur, faisait tourner son vin dans son verre. Il avait beau examiner le problème sous toutes les coutures, il ne voyait pas comment le résoudre.

Un duché démocratique aux portes de Grimentz ? Il n'avait pas vu la chose venir. Si Violetta réussissait, San Nicolo échapperait à jamais aux von Frohburg. Son père en aurait fait une crise cardiaque.

Étrangement, Léo ne s'en offusquait pas. Il avait pourtant débarqué en ces lieux, quelques heures plus tôt, prêt à en découdre et à tout faire pour récupérer sa fiancée. Mais maintenant…

Maintenant, il n'était plus très sûr de savoir ce qu'il voulait. Son propre peuple disposait d'instances élues qui participaient à la gestion du pays. Les Della Torre n'avaient pas été aussi libéraux et avaient dirigé le duché d'une main de fer. Quant au régent actuel, il était plus autoritaire encore que ses prédécesseurs. Pourquoi le peuple de San Nicolo n'aurait-il pas droit aux mêmes libertés que ses voisins ? Léo avait prévu de réformer en ce sens s'il devenait grand-duc. Mais de là à envisager une démocratie totale, et la fin du système ducal…

De nouveau, il n'en éprouva pas la stupeur attendue. Peut-être qu'une paire d'yeux bruns l'amenait à reconsidérer toutes ses valeurs. Et, si c'était le cas, alors il avait une raison valable de s'inquiéter.

Malgré le vent et la pluie qui harcelaient la maison, Violetta était parvenue à dormir un peu, blottie sous la couette d'un lit simple. La présence de Léo dans la maison la rassurait, et le paradoxe ne lui échappait pas. N'était-il pas au contraire la dernière personne à laquelle elle pouvait faire confiance ?

Même si elle n'avait fait qu'une sieste, Violetta se sentait reposée et plus détendue. Après s'être passé de l'eau froide sur le visage, elle refit son chignon puis, sur un coup de tête, remit sa tiare. Le bijou lui donnait confiance en elle.

Il pleuvait toujours lorsqu'elle émergea dans le couloir et se dirigea vers la cuisine, éclairée par des lampes-tempête. Les volets étaient fermés, l'atmosphère confortable. Quelques secondes plus tard, Léo émergea de la buanderie voisine.

— Ah, tu es levée. Je pensais que j'allais devoir cogner à ta porte pour te réveiller.

— J'ai dormi combien de temps ? s'enquit Violetta en se frottant les yeux.

— Quelques heures. C'est presque l'heure du dîner, déclara son compagnon en brandissant une boîte de conserve.

— Ne me dis pas que tu as déjà faim ?

Léo, souriant, contourna le plan de travail. Avec le col de sa chemise ouverte et ses manches relevées, il exsudait un charme dangereux. La lumière sourde des lampes faisait jaillir de l'ombre une pommette haute, la ligne de sa mâchoire, les muscles qui roulaient sous la peau de ses avant-bras. Violetta se rappela qu'il pouvait faire dérailler son plan, si elle le lui permettait.

D'un œil prudent, elle l'étudia tandis qu'il mettait la table et débouchait une nouvelle bouteille de vin.

— Tu es très civilisé, au fond, remarqua-t-elle.

— Pourquoi ? Tu pensais que j'étais un sauvage ?

Comment sa sœur l'avait-elle décrit, déjà ? Ah oui, un loup à demi domestiqué. Il irradiait une énergie à peine contenue, l'aura inquiétante et fascinante d'un animal. Malgré elle, Violetta crispa ses mains sur ses genoux.

— Je veux juste dire que tu as l'air de te débrouiller dans une cuisine.

— Seulement celle-ci. Grand-mère a toujours insisté pour que Seb et moi l'aidions.

— J'adorais ça, moi aussi. J'avais l'impression d'être normale quand je lui donnais un coup de main, comme n'importe quelle employée.

— Mais nous ne sommes rien d'autre que des employés, toi et moi. Il y a juste peu de postes comme le nôtre, ce qui ne nous donne pas le loisir d'en changer.

S'était-elle imaginé le regret dans sa voix ? Elle avait pourtant cru que seul le pouvoir l'intéressait.

— Tu aurais préféré une autre carrière ?

Aussitôt, Léo secoua la tête.

— Mon premier souvenir, c'est mon père me tenant sur les remparts du château et désignant San Nicolo, pour m'expliquer que le duché nous avait été volé. Ma raison d'être était selon lui de le récupérer. Je n'ai jamais eu le choix.

Il servit deux verres de vin, pensif, et en poussa un vers elle.

— Au moins, marmonna-t-il, grâce à cette expérience précoce, je n'ai pas le vertige.

Violetta se le représenta enfant, trop petit pour voir par-dessus le parapet et déjà préparé au combat. Son père, au lieu de lui donner de l'affection, lui avait transmis ses obsessions. Elle commençait à comprendre pourquoi il s'était lancé à sa poursuite lorsqu'elle s'était enfuie.

— Mangeons, déclara soudain son compagnon. Lentilles en boîte… Une nouvelle aventure culinaire nous attend !

La table avait été débarrassée, la vaisselle faite, et Léo s'autorisa un rare moment de détente. L'atmosphère chaleureuse du château lui faisait presque oublier la tempête qui faisait rage à l'extérieur.

Rien ni personne ne requérait son attention. Il n'était attendu nulle part. Il n'avait rien d'autre à faire que de tenir compagnie à une jeune femme, à se laisser absorber par le jeu des flammes sur ses cheveux et sur la tiare absurde qui les couronnait.

La magie de cette résidence, son secret, était peut-être dans le fait qu'elle le rendait normal. Un homme qui dînait en agréable compagnie profitait de l'instant présent sans se soucier du lendemain.

— Tu sais ce qui manque à ton château ? demanda Violetta.

— Je suis sûr que tu vas dire « un chien ».

— Oui ! Je me rappelle qu'il y en avait toujours deux ou trois avec vous, quand tu jouais avec Seb.

— Ma grand-mère recueillait tous les chiens abandonnés de la région.

— Tu as dû passer des moments merveilleux ici…

— Il se trouve que je ne suis jamais revenu, après cet été où nous nous sommes rencontrés.

Violetta tressaillit, visiblement surprise.

— Jamais ? Pourquoi ?

— Ma mère est partie.

— Et ?

— Tu ne connais pas l'histoire, peut-être ?

— Seulement les grandes lignes. J'aimerais entendre ta version des faits.

Léo hésita, mais craqua face au regard liquide et désarmant que la jeune femme posait sur lui.

— Ma mère ne s'est pas contentée de partir. Elle nous a abandonnés, mon père et moi.

— Ton père a donc joué le rôle de deux parents ?

— Non, répondit Léo avec un rictus de dérision. Il est devenu un plus mauvais père encore. Il m'a reproché le départ de ma mère, m'a accusé de l'avoir fait fuir. Il recommençait chaque fois qu'il apprenait par la presse que ma mère avait un nouvel amant, ou qu'elle s'imaginait de nouveau amoureuse. Comme si l'amour existait… Comme si c'était autre chose qu'un sentiment fugace.

— Sauf ici, souffla Violetta. Nous avons toujours trouvé de l'amour dans ce château.

— Jusqu'à ce que je coupe les ponts avec grand-mère.

— Elle n'a pas cessé de t'aimer pour autant. La dernière année de sa vie, elle parlait encore de toi avec affection. Elle t'aimait inconditionnellement, raison pour laquelle elle t'a légué ce château.

Léo songea aux cartes de vœux, aux cadeaux qu'il avait continué de recevoir, et réprima un pincement de culpabilité.

— Je lui en voulais d'avoir accueilli ma mère et son amant, murmura-t-il. Je lui en ai fait payer le prix.

— Parce que tu souffrais. Elle l'a compris.

La conviction qui brûlait dans le regard de Violetta pénétra le cœur de Léo, ou du moins le bloc de glace qui lui tenait désormais de cœur. C'était la première fois qu'il se confiait à ce point à quelqu'un. Même à Seb, il n'avait pas autant parlé.

D'un œil sombre, il fixa la chandelle qui achevait de se consumer dans une lanterne.

— L'amour n'est pas une priorité pour les gens comme nous, fit-il valoir.

— Les gens comme nous ? Nous restons des humains, non ? Ne me dis pas qu'au fond de toi tu n'as pas envie d'une épouse aimante ?

— L'expérience m'a appris qu'il est préférable d'envisager

le mariage comme une association. Chercher le bonheur, c'est s'exposer à être déçu.

Violetta posa sur lui un regard triste.

— Et le côté physique du mariage dans tout ça ?

— Grande-duchesse, il n'y a nul besoin d'amour pour prendre du plaisir au lit. Et il n'y a même pas besoin de plaisir, s'il fallait en arriver là, pour donner naissance à un héritier.

— Quelle vie sinistre…

— Assurer la continuité de la lignée fait partie de nos devoirs.

— Seulement si tu ne crois pas en la démocratie.

— Même si nous n'étions pas au pouvoir, il faudrait transmettre un héritage, une histoire, des propriétés. Il y aurait un titre à préserver.

— Un titre ? répéta Violetta avec un rire moqueur. À quoi bon avoir un titre qui ne sert à rien ?

— Nous le saurons bientôt, répondit Léo en regardant sa montre. Dans deux heures, tu auras vingt et un ans et tu pourras restaurer la démocratie à San Nicolo…

Surprise, Violetta regarda sa montre. Dix heures, déjà ? Le temps passait si vite avec cet homme !

— J'ai attendu ce moment toute ma vie, murmura-t-elle. Maintenant qu'il approche, j'ai peur de ne pas être à la hauteur. Je ne sais pas par où commencer.

— C'est simple. Qu'est-ce qui est le plus important, pour toi ?

— Que le peuple puisse décider de son destin.

— Eh bien, commence par là. Entoure-toi de gens de confiance qui partagent tes valeurs mais n'auront pas peur de te parler franchement. Une fois cette équipe en place, demande aux habitants du duché ce qu'ils veulent.

— À t'écouter, ça paraît facile.

— Ce n'est pas facile, mais tu en es capable.

— Tu le crois vraiment ? demanda Violetta, surprise. Tu penses que je pourrai instaurer la démocratie dans un pays qui a connu quatre cents ans d'autoritarisme ? Moi, la fille qui n'a même pas osé tenir tête à son oncle ?

— S'enfuir dix minutes avant son mariage requiert un certain courage. Tu as saisi la seule chance qui t'était offerte. Tu n'as qu'à utiliser la même stratégie.

— Quoi ? M'enfuir ?

— Non, fit Léo en riant. Saisir une occasion quand elle se présente.

*Faire l'amour avec toi sans me soucier des conséquences. Voilà ce que j'aimerais, maintenant.*

Violetta avala une longue gorgée de vin, horrifiée par la tournure de ses pensées.

Léo vit une rougeur subite monter aux joues de la jeune femme et se demanda ce qui avait bien pu la provoquer. Elle venait de lui donner une leçon qu'il n'était pas près d'oublier. Contrairement à lui, elle se souciait de San Nicolo et du destin de son peuple. Alors que tout ce qui l'avait intéressé, lui, dans ce duché, était de le conquérir, pour prouver sa valeur à un père qui ne l'avait jamais aimé. Violetta n'aspirait au pouvoir que pour y renoncer.

— Qu'est-ce qui ne va pas ? s'enquit-elle, le fixant d'un regard alarmé.

Qu'avait-elle lu dans ses yeux ? Le moment où la honte avait balayé ses ambitions ? San Nicolo n'appartenait pas à Grimentz, il en prenait tout juste conscience, mais à son peuple. Il n'avait pas le droit d'intervenir.

— Je pensais que ton oncle allait avoir la surprise de sa vie.

— Hmm, Oncle Guido ne va pas être ravi, n'est-ce pas ?

— C'est la litote du siècle.

— Tu crois qu'il se mettra en travers de mon chemin ?

— C'est probable, mais la loi est de ton côté. Rien dans la Constitution ne t'empêche de régner, sauf si tu te maries, auquel cas le pouvoir passera à ton époux. Si tu as pris ta décision, agis sans hésiter.

La tête penchée de côté, Violetta lui sourit.

— Quoi ?

— Tu viens de me faire penser à ta grand-mère. Elle aussi me disait toujours de foncer, de suivre mes rêves.

Léo acquiesça, même si ce n'était pas tout à fait ce qu'il avait voulu dire. Sa remarque avait été plus cynique, plus calculatrice. Mais il entendit lui aussi la voix de sa grand-mère, lui conseillant de se détendre, d'arrêter d'essayer de tout contrôler, et de suivre son cœur.

— Étais-tu proche de ta sœur ? demanda-t-il pour détourner la conversation. Tu as affirmé que son départ avait bouleversé ta vie. Francesca te manque ?

— Nous n'étions pas proches. Nous avons été élevées séparément. Elle était destinée à t'épouser et à devenir duchesse, moi à un quelconque aristocrate européen, très riche de préférence.

Léo, à ces mots, sentit sa colère renaître. Encore une enfant élevée sans amour, dans l'idée qu'elle n'avait pas la moindre valeur personnelle. À son tour, Violetta le questionna.

— Est-ce que la fuite de Francesca t'a blessé ?

— Elle a blessé ma fierté. Je n'éprouvais rien pour elle, si c'est ce que tu veux savoir. Je ne lui en veux pas. J'espère qu'elle est heureuse. Je sais ce que c'est que de grandir avec des parents qui ne t'aiment pas…

Violetta posa une main sur la sienne, en un geste

d'apaisement dont la tendresse le prit de court. Sentant sa gorge se serrer, il retira aussitôt sa main.

— Oublions le passé, grommela-t-il. Il n'a plus d'importance.

— Nous avons souffert à cause de ceux qui étaient censés nous aimer, et cela a au contraire beaucoup d'importance.

Malgré tous ses efforts pour l'ignorer, la phrase de Violetta se logea droit dans son cœur, soulevant une nouvelle tempête qui remonta dangereusement près de la surface. Une nouvelle fois, il rejeta sa compassion en se levant brusquement.

— Changeons la musique.

— Ou changeons de sujet, plutôt ? s'enquit Violetta avec un sourire triste. Je comprends. Il n'est pas facile de parler de ce que l'on ressent.

Le dos tourné, Léo fit mine de choisir un CD sur une étagère.

— Je n'ai pas de problème à parler de ce que je ressens. C'est juste que ça ne sert à rien.

S'il l'avait entendu, Seb se serait moqué de lui.

« Voilà que tu recommences. Léo le dur, l'homme sans cœur. La seule personne qui y croit, c'est toi. »

Léo fit taire la voix railleuse de son cousin, et prit l'un des disques préférés de sa grand-mère. Un air de salsa monta bientôt dans la pièce.

— Tu danses ? demanda-t-il, tendant une main à la jeune femme.

L'expression d'angoisse, dans le regard du jeune prince, n'avait pas échappé à Violetta. Ses larges épaules, sa mâchoire carrée, son menton décidé, n'avaient pu masquer sa vulnérabilité. L'espace d'un instant, il était redevenu un adolescent au cœur brisé.

Elle fixa la main qu'il lui offrait, redoutant de la prendre.

— Ta grand-mère adorait cette musique, déclara-t-elle, se levant et oscillant des hanches.

— Qu'est-ce que tu fais ?

— Je danse la salsa.

— Tu as l'air de t'y connaître.

— Je suis danseuse, rappelle-toi.

— Si les petits rats de l'Opéra dansaient de manière aussi sensuelle, il y aurait des émeutes. Tu m'apprends ?

— Tu sais danser, non ?

— Je sais faire valser ma fiancée dans une salle de bal mais, ça, c'est autre chose.

— Comment as-tu réussi à séduire toutes ces femmes, ironisa Violetta.

— Oh ! avec un genre de danse bien différent… Alors, cette salsa, tu m'aides ?

Il s'était mis à danser, tentant d'imiter ce qu'elle faisait, sans grand succès. Avait-elle enfin trouvé la faille dans l'armure de cet homme ? Il ne savait pas danser ?

Hanches rigides, aucun sens du rythme, oui, c'était un désastre.

— Arrête, ordonna-t-elle en levant la main. Regarde.

Elle fit quelques pas faciles, et reprit :

— Tu vois ? Lève le talon et tes hanches bougeront d'elles-mêmes.

— Comment s'appelle cette danse ? demanda-t-il, s'efforçant avec une maladresse comique de reproduire sa démonstration.

— C'est une cucaracha.

Sourcils froncés, elle lui prit la main.

— Suis mes mouvements… Là, c'est beaucoup mieux.

Absorbée par sa tâche, elle ne se rendit pas compte que Léo s'était rapproché d'elle, jusqu'au moment où, la prenant dans ses bras, il colla ses hanches contre elle et exécuta une cucaracha de danseur professionnel.

Si elle n'avait pas été aussi surprise, aussi troublée par la proximité de leurs corps, Violetta aurait peut-être songé à se dégager. Elle n'en fit rien.

— Voilà comment j'ai réussi à séduire quelques femmes, murmura-t-il.

*Pas moi*, résolut Violetta, même si tout son corps lui soufflait le contraire.

— Assez dansé, décréta-t-elle lorsqu'un slow succéda au premier morceau.

— Allons, fit Léo, retenant sa main tout contre sa poitrine. Nous étions censés nous marier. Tu me dois bien ça.

La chanteuse, en cet instant même, célébrait les vertus de l'amour, l'abandon de soi à un autre. Léo la fit tourner dans la pièce au son de sa voix, son corps puissant collé au sien. Oh ! il était malin. Il dansait comme un dieu et le lui avait caché. Malgré elle, Violetta se surprit à prendre du bon temps entre ses bras. Il la fit tourner, la renversa sans effort sur un bras, la redressa, la guida avec une grâce et une précision sidérante.

— *Mia piccola ballerina*, murmura-t-il.

Sa petite ballerine.

Violetta aurait dû s'armer contre le charme Léo, mais son cœur de ballerine manqua un battement. Impossible de résister à sa voix de velours lorsqu'il lui parlait italien. De nouveau, il la courba en arrière, et, cette fois, elle s'abandonna sans peur de tomber. Lorsqu'il la redressa, Violetta se retrouva plaquée tout contre lui, leurs lèvres séparées de quelques centimètres à peine.

Elle n'aurait su dire qui fit le premier pas. Dans la seconde suivante, leurs langues se mêlèrent dans un baiser aussi farouche qu'inattendu. Agrippée aux épaules de Léo, Violetta colla son bassin au sien. Sa raison, son bon sens, ses nobles motivations, tout faillit être balayé par le déferlement de passion qui alluma un brasier liquide au creux de son être. Et son peuple, dans tout ça ? Et San Nicolo ?

Ses yeux se rouvrirent brusquement. Tout serait perdu si elle cédait à ses pulsions et se laissait détourner de la trajectoire qu'elle s'était fixée.

Par miracle, elle trouva enfin la force de mettre fin à leur baiser. Elle fit un pas en arrière et, telle une nageuse remontant à la surface, emplit ses poumons d'une bouffée d'air salvatrice.

Léo se pencha, presque désespéré d'éprouver de nouveau le contact de ses lèvres contre les siennes, mais ne rencontra que de l'air. Une main sur son torse, Violetta le tenait fermement à distance.

— Ça suffit. Je sais que ce que tu as en tête, et ça ne marchera pas.

Tout ce que Léo avait en tête, c'était de l'embrasser. Il n'avait pas réfléchi au-delà. Mais il respecta sa volonté et la relâcha, ce dont Violetta profita pour se réfugier derrière la table. D'une main tremblante, elle remplit la moitié de son verre de vin et l'avala d'un trait.

— Je ne me laisserai pas piéger par ton charme.

De nouveau, elle se versa un peu de vin et l'engloutit.

— Doucement, conseilla Léo.

— Tu n'as pas d'ordres à me donner ! répliqua la jeune femme, sabrant l'air d'une main furieuse. Toute ma vie, on m'a dit quoi faire, et c'est fini !

— D'accord. Mais, si tu continues à ce rythme, tu risques de le regretter demain matin.

— Demain matin, je serai grande-duchesse, marmonna-t-elle. Et personne ne me dictera plus jamais ma conduite.

Léo n'eut pas le cœur de lui dire que, gouverner, c'était un peu plus compliqué que cela, et que de présider aux destinées d'un pays entier risquait de lui faire perdre quelques heures de sommeil…

# 7.

À un égard au moins, la nuit de noces de Léo ressemblait à l'idée qu'il s'en était faite : il avait à peine dormi. Les similitudes, cependant, s'arrêtaient là. Il avait passé la nuit seul, à écouter les ravages de la tempête à l'extérieur et les pas de la jeune femme qui arpentait sa chambre de l'autre côté de la cloison. Il avait été, à plus d'une reprise, tenté d'aller frapper à sa porte pour reprendre là où ils s'étaient interrompus, mais il savait que cela ne résoudrait rien, au contraire.

Lorsqu'il regarda sa montre, il était 7 heures. Violetta avait vingt et un ans et était officiellement grande-duchesse de San Nicolo, un fait qui ne le dérangeait pas autant qu'il l'aurait cru. La jeune femme qu'il avait découverte la veille l'intriguait. Lorsqu'il repensait à la journée mouvementée qu'ils avaient passée ensemble, il se surprenait à éprouver un étrange sentiment de bien-être.

La tempête, au-dehors, continuait de faire rage. Une brindille arrachée à un arbre se colla à la fenêtre avant de disparaître, emportée par le vent. Le château était protégé par la vallée, et Léo se demandait non sans angoisse ce que le reste du pays subissait. Tant qu'ils étaient bloqués là, il était impuissant.

Avec un soupir, il rejeta ses draps. Il avait envie d'un café, et besoin de manger quelque chose. Alors seulement il pourrait réfléchir.

Violetta n'aurait su dire à quelle heure elle s'était enfin endormie. Probablement pas avant l'aube, car elle se rappelait avoir vu une lumière pâle filtrer derrière les rideaux. Elle s'était tournée et retournée, troublée par la tempête qui, au lieu de se calmer, avait empiré. Mais son insomnie était aussi due, elle le savait, à la présence de Léo. Comment oublier leur baiser ? Elle en sentait encore l'empreinte sur ses lèvres.

Elle grimaça, dépitée. Jamais elle n'aurait dû lui céder. Jamais elle n'aurait dû se permettre de… de le désirer. Le mot l'horrifia, et la fit tirer les draps au-dessus de sa tête comme pour disparaître. Elle ne disparut pas, pas davantage que ce désir malvenu. Elle brûlait d'envie de sentir ses mains sur son corps.

Violetta avait beau réfléchir, elle ne comprenait pas comment elle avait pu se laisser séduire par un homme qu'elle avait cru détester. Dans la famille von Frohburg, le prince Sébastien était le charmeur. Léo avait la réputation d'être dur, distant. La veille, pourtant, elle avait vu derrière le masque, perçu les failles d'un homme qui se méfiait des femmes à cause de l'éducation qu'il avait reçue. Sans parler de ce désir atavique de reconquérir San Nicolo.

Elle n'était pas naïve pour autant. S'il s'était montré compréhensif la veille, elle redoutait qu'il ne se mette en travers de son chemin le moment venu. Les hommes comme lui, comme son père et comme son oncle Guido, pensaient toujours tout savoir. Baisser sa garde, c'était risquer de trahir le peuple de San Nicolo.

Un son, de l'autre côté de la cloison, la fit tressaillir. Une douche coulait. Puis un juron résonna lorsque l'eau froide rencontra une peau chaude. Violetta ne put s'empêcher de sourire, jusqu'au moment où elle se représenta Son Altesse Sérénissime nue sous le jet. Ses mains qui couraient sur son corps, pleines de savon…

Elle avait eu froid dans la nuit et, peu désireuse de monter dans le noir au grenier, était allée chercher la chemise que Léo avait mise à sécher dans la cuisine. Elle tira sur le tissu pour le humer, s'enivrer de son parfum. Puis elle s'imagina le toucher, le savonner sous cette même douche. Elle fit descendre ses mains sur son corps, sur ses seins, laissa ses doigts glisser entre ses cuisses.

L'eau s'arrêta brusquement, de l'autre côté du mur, et elle entendit le cliquetis métallique du rideau qu'on tirait. Elle remonta sa main, les joues brûlantes. Il était grand temps pour elle de prendre une douche, glaciale si possible.

Léo trouva sans mal la cafetière dans les placards. Par chance, le personnel qui s'occupait de la maison avait laissé quelques paquets de café neufs. Il s'apprêtait à remplir la machine lorsqu'un cri strident se fit entendre à l'étage.

Son sang ne fit qu'un tour. Quelqu'un avait-il trouvé le moyen de s'introduire dans le château malgré la tempête ? Il gagna l'étage quatre à quatre, appelant Violetta.

— Par ici ! Vite !

Poings levés, il déboula dans sa salle de bains, et se figea en la trouvant seule. Enfin, pas tout à fait…

— Là ! s'écria-t-elle, désignant une petite araignée dans la baignoire.

— Bon sang, j'ai cru qu'on t'agressait !

— Fais quelque chose ! le supplia Violetta, dansant d'un pied sur l'autre. Je déteste les araignées !

Avec un soupir, Léo ôta sa chaussure.

— Attends, tu ne vas pas l'écraser ?

— Je croyais qu'elle te faisait peur ?

— Je ne t'ai pas dit de la tuer ! Autrefois, tu les prenais dans tes mains.

La jeune femme lui tendit un verre et reprit :

— Mets-la là-dedans

— Et je la coince avec quoi ?

Elle se retourna, regarda fébrilement autour d'elle, puis sortit de la salle de bains et en revint avec une carte.

— Là, sers-toi de ça.

Lorsque Léo avisa la carte, il décocha un regard incrédule à sa fiancée.

— Sérieusement ? C'est tout ce que tu as trouvé ?

Violetta haussa les épaules.

— Il y en avait toute une pile sur la table de chevet. Quelqu'un doit avoir un faible pour toi.

La carte représentait Léo en uniforme militaire, bardé de médailles, l'air pompeux et austère, du genre que l'on trouvait dans les magasins pour touristes de Grimentz. Avec un grognement, il entreprit de faire rentrer l'araignée dans le verre, au prix de quelques contorsions. Lorsqu'il se retourna, Violetta, la femme qui avait eu le cran de fuir le jour de son mariage, se plaqua contre le mur. Il en fut agacé et amusé à la fois.

— Bon, reste de ce côté. Antonio et moi allons par là.

— Quoi ? Qui ?

— Antonio, répéta-t-il en soulevant le verre. Il doit retrouver son épouse.

— Je ne crois pas qu'il soit marié.

— Comment crois-tu que naissent les bébés araignées ?

Malgré sa peur, la jeune femme sourit.

— Et comment s'appelle-t-elle, l'épouse d'Antonio ?

— Hildegard.

Cette fois, Violetta se mit à rire franchement. Elle suivit Léo à distance prudente lorsqu'il sortit, jusqu'à la porte du rez-de-chaussée qui ouvrait sur une courette abritée à l'arrière de la maison. Là, il retourna le verre au-dessus d'un buisson de romarin, et Antonio disparut dans les branches odorantes. Violetta s'approcha pour le regarder faire, l'œil brillant d'un mélange de crainte et de curiosité.

— Merci, murmura-t-elle quand ils furent rentrés. Personne n'a jamais tenté de m'aider à vaincre ma peur des araignées.

— Antonio et Hildegard seront heureux d'y avoir contribué.

— Je sais que c'est irrationnel d'avoir peur d'une si petite créature. En tout cas, c'est ce que disait mon père quand il m'enfermait dans un placard où je savais qu'il y en avait. Il m'expliquait que je devais conquérir mes peurs, et que je resterais dedans tant que je ne n'arrêterais pas de pleurer. J'avais quatre ans… Qui fait ça à un enfant ?

— Un monstre ! répliqua Léo, horrifié.

Violetta leva les yeux sur lui, et il fut pris d'un désir si vif de la protéger qu'il tendit la main vers elle. Mais elle recula d'un pas.

— Merci. Je… je ferais bien d'aller prendre ma douche, maintenant.

Il la regarda s'éloigner, fasciné par ses jambes bronzées et toniques, et par le spectacle troublant de sa propre chemise, celle qu'il avait portée la veille – elle s'arrêtait sous ses fesses. Décidément, Violetta le déroutait. Elle lui avait clairement fait comprendre qu'elle n'avait pas l'intention de l'épouser, ni même de lui céder pour quelques instants de plaisir. Pourtant, plus il la connaissait, plus il découvrait des similitudes entre eux. Tous deux avaient eu un père monstrueux. Tous deux refusaient pourtant de se laisser conditionner par leur enfance.

Une drôle d'impression, douce et troublante, envahissait Léo. Il avait le sentiment d'avoir trouvé son âme sœur.

Depuis la fenêtre du bureau qui avait autrefois été celui de son grand-père, Léo étudiait la campagne environnante.

La nature courbait l'échine sous une pluie drue, mais il ne vit pas de dégâts majeurs. Le reste du pays avait-il lui aussi résisté à la tempête ? Que trouverait-il en rentrant à la capitale ? Un peuple furieux qu'il n'ait pas pris le pouvoir à San Nicolo ? Ou ce fantasme n'existait-il que dans la tête des von Frohburg ?

« Ce duché est ton destin, mon garçon. La seule raison pour laquelle tu es sur cette terre. Ne me déçois pas. Ne déçois pas Grimentz. Que tes actions fassent oublier le déshonneur que ta mère a jeté sur nous. »

Combien de fois Léo avait-il entendu ces mots ?

Dans son dos, la porte grinça.

— Ah, te voilà.

Violetta parut, pieds nus, incarnation de la tentation avec ses cheveux encore mouillés, son corps ferme et musclé, le tout emballé dans une tenue de pom-pom girl presque indécente. Elle ne ressemblait en rien à la duchesse qu'elle était depuis quelques heures. Avec un naturel confondant, elle s'assit sur le rebord du bureau et balança ses jambes nues, regardant autour d'elle avec curiosité.

— Qu'est-ce que tu fais là ?

— Je réfléchis.

— À quoi ?

— À ton duché.

— Tu ne vas pas de nouveau tenter de me persuader de t'épouser ?

— Ce serait possible ?

— Non, répondit-elle en lui décochant un regard étrange, comme si elle tentait de s'en convaincre elle-même.

— Dans ce cas, je ne perdrai pas mon temps à le faire.

— Mais tu y pensais.

— Pour être tout à fait honnête, je pensais à la façon dont mon père aurait réagi à la tournure des événements.

— Il aurait été déçu ?

— C'est le moins qu'on puisse dire. Il doit se retourner dans sa tombe. J'entends même sa voix. « Si tu ne récupères pas le grand-duché, tu n'es d'aucune utilité à Grimentz. Tu es né pour rien. »

Violetta le dévisagea, abasourdie.

— Ton père était un monstre, lui aussi.

Léo était arrivé à cette conclusion depuis bien longtemps, mais elle n'en était pas moins douloureuse.

— Oui.

De nouveau, la jeune femme regarda autour d'elle.

— Où sommes-nous ?

— Dans le bureau de mon grand-père. Je regrette de ne pas l'avoir connu. Grand-mère l'a laissé intact après sa mort. C'était la pièce que Seb et moi préférions. Par beau temps, on voit les montagnes. Il est facile de s'imaginer aux confins de la civilisation et de penser que des hordes barbares pourraient déferler des sommets à tout moment.

— Charmante perspective.

— Elle l'était pour deux ados. Mon grand-père avait une collection de vieilles épées et de boucliers, expliqua Léo, désignant des marques pâles sur les murs. Nous nous voyions déjà en héros sauvant le pays. Ou alors, quand la situation se tendait avec mon père, j'envisageais l'inverse : m'enfuir derrière ces montagnes.

— Et je suppose que la situation était souvent tendue ?

— Oui. J'avais beau faire, être le meilleur en tout, il n'était jamais satisfait, tout simplement parce que ma présence lui rappelait ma mère. Alors, crois-moi, il ne serait pas ravi d'apprendre qu'en sus j'ai perdu le grand-duché.

Malgré elle, Violetta sentit sa conscience la taquiner. Elle avait ôté à Léo sa seule chance de prendre sa revanche sur son père.

— Ne t'inquiète pas, dit-il en surprenant le regard qu'elle posait sur lui. Je vais survivre.

Il survivrait, oui, mais sans elle, et un pincement de regret lui serra le cœur quand elle y songea. Il n'était pas du tout l'homme qu'elle avait cru fuir. Son mélange de force brute et de vulnérabilité la troublait. Ses yeux bleus aussi. Et le baiser qu'ils avaient échangé la veille…

— Si tu continues de me regarder comme ça, il risque d'y avoir des conséquences, murmura soudain Léo.

Avec un clignement d'yeux surpris, Violetta descendit du bureau et s'éloigna de lui, en dépit de son envie secrète d'explorer les conséquences en question. Elle s'approcha de l'une des rares décorations restées accrochées aux murs, un tableau qui représentait une femme en robe de brocard vert, les traits marqués par une farouche détermination.

— Qui est-ce ?

— Elisabetha. Tu portais la tiare du même nom.

— Et qui est-elle, au juste ?

— Elle a sauvé Grimentz et son prince de la destruction.

— Rien que ça… Comment ?

— Son père convoitait Grimentz. Il était plus puissant, mieux armé que la principauté. Il l'a assiégée, et a exigé sa reddition. Mais le Loup de Grimentz a refusé.

— Vraiment ? L'un de tes ancêtres s'appelait le Loup ?

— Il avait été défiguré dans un incendie, enfant, et était devenu un homme redoutable, secret et solitaire.

— Je me demande si ces traits sont héréditaires… Notre loup était donc célibataire.

— Oui, mais son ennemi avait une fille…

— Oh ! une histoire d'amour !

— Ne t'emballe pas. Elisabetha voulait juste éviter un bain de sang. De nuit, elle a traversé le camp de son père, volé un cheval, et s'est rendue au château de Grimentz.

Le lendemain, le Loup a accueilli son ennemi, venu lui demander une fois de plus de se rendre, sur les remparts. Avec sa nouvelle épouse.

— Une femme qui a pris son destin en main. Voilà pourquoi j'aime tant cette tiare.

— Mais elle ne lui appartenait pas. C'est une pièce plus tardive.

— Oh ! ne gâche pas tout. Avec un tel modèle, pas étonnant que ma sœur ait pris peur et se soit enfuie.

Violetta avait à peine prononcé ces mots qu'elle les regretta.

— Je suis désolée. Je n'aurais pas dû dire ça. D'autant qu'elle est partie d'ici.

— Et que j'ai dû t'y poursuivre quand tu as décidé de fuir à ton tour. Apparemment, tout me ramène ici.

— Peut-être qu'Elisabetha essaie de te dire quelque chose ?

— D'éviter les filles Della Torre ? demanda Léo avec un rire amer.

— Ou de rouvrir le château. C'est une magnifique demeure, qui mérite d'être habitée.

— J'y songerai.

Il la fixa de son regard bleu – celui d'un loup. Cette fois, elle n'en avait pas peur et, sans en avoir conscience, leva les yeux vers ses lèvres. Elle n'avait qu'à faire un pas pour y appuyer les siennes. Un seul petit pas.

C'était déraisonnable. Mais elle n'eut pas à prendre la décision, car Léo enveloppa sa nuque d'une main large, l'attira vers lui et l'embrassa.

Violetta aurait pu résister, mais elle n'en fit rien. Ses lèvres étaient douces, aussi enivrantes que dans son souvenir. Il avait un goût de café et de tempête. Elle s'offrit à lui sur un soupir, mêlant sa langue à la sienne, et sentit un ruban de chaleur se déployer au creux de son ventre. Les doigts de son compagnon glissèrent dans ses cheveux, les tirèrent doucement en arrière pour exposer sa gorge. Il y posa les lèvres, cherchant son pouls furieux. Violetta vacilla, éperdue de désir, et la pièce devint floue autour d'elle. Sauf le portrait de la femme en vert.

Elisabetha la dévisageait d'un air réprobateur. *C'est vraiment ce que tu veux ?* avait-elle l'air de dire. *Pense à ce que tu as à perdre.*

Le duché.

Non.

— Je ne peux pas, Léo, déclara-t-elle en le repoussant.

— Nous ne faisons que nous embrasser. Détends-toi.

— Me détendre ? Avec tout ce que j'ai à perdre ? Si je baisse ma garde juste une seconde, tu me persuaderas de t'épouser. Tout ce pour quoi je me bats sera perdu. Tout ! Mon père, mon oncle, toi… Vous, les hommes, vous êtes tous les mêmes. Vous ne savez que prendre, sans jamais rien donner.

Léo lui retourna un regard abasourdi, mais elle n'en avait cure.

— Désolée, mais ça s'arrête là.

Avec un dernier regard pour Elisabetha – qui, elle l'espérait, approuvait sa décision –, elle quitta la pièce et abandonna le Loup de Grimentz à lui-même.

Du revers de la main, Léo toucha ses lèvres brûlantes. Le parfum du shampoing de Violetta flottait autour de lui, fantôme tentateur, insaisissable.

La colère qu'il venait de lire dans son regard, il la connaissait bien. Il avait vu ces mêmes yeux furieux dans son miroir après chaque confrontation avec son père.

« Vous ne savez que prendre, sans jamais rien donner. »

Les hommes qui avaient traversé sa vie lui avaient laissé

cette impression, sans doute, mais il avait une chance de rendre enfin justice à Violetta, sans pour autant attendre quoi que ce soit en retour. Il pouvait faire quelque chose pour elle, juste pour elle, et il savait déjà quoi.

# 8.

Violetta avait passé la journée à éviter Léo dans ce qu'il restait de la bibliothèque. Elle avait pensé tuer une heure ou deux à lire, mais ses pensées la ramenaient constamment à son fiancé. Elle l'avait entendu se déplacer dans la maison mais, à son grand soulagement, il l'avait laissée tranquille. Elle ne se sentait pas prête à l'affronter. Sa réaction était-elle exagérée ? S'était-il agi d'un simple baiser, comme il l'avait dit ?

Si c'était le cas, pourquoi avait-elle ressenti une telle déflagration intérieure ? Pourquoi avait-elle eu l'impression qu'un faisceau d'énergie pure sortait de son cœur pour plonger droit dans celui de Léo et les lier à jamais ?

Il était son ennemi, elle ne devait pas l'oublier, un ennemi déterminé à lui voler le duché. Pourtant, il affirmait que ce n'était plus le cas. Pouvait-elle lui faire confiance ? Et si la présence de Léo à ses côtés, au contraire, l'aidait à réaliser ses rêves ?

Par la fenêtre de la bibliothèque, elle étudia le paysage détrempé. La pluie qui baignait les carreaux troublait la vue, l'empêchait de voir quoi que ce soit au-delà des murs de la maison. Mais le monde réel était bien là, derrière l'orage. Et, une fois la tempête finie, elle devrait y retourner. La lumière du soleil, espérait-elle, dissiperait les fantasmes qui étaient nés en elle à la faveur de ces moments hors du temps.

Lorsqu'elle regagna sa chambre, une housse était posée sur son lit, à côté d'une note manuscrite.

*Retrouve-moi au pied de l'escalier, à 7 heures pile. Tenue de soirée exigée.*

Violetta fit coulisser la fermeture Eclair, les sourcils froncés, et tressaillit à la vue du costume qu'elle abritait. Il ne s'agissait pas tant d'un déguisement que d'une robe magnifique. Léo avait choisi un vêtement à mille lieues de sa robe de mariée : une robe fluide, couverte de plumes, qui évoquait le Hollywood des années cinquante. Le décolleté était sage, le dos échancré. Elle était même accompagnée de sous-vêtements de satin rose.

Bien que touchée par les efforts du prince, elle hésita. Que mijotait-il ?

Sur le coup de 7 heures, elle se présenta au sommet de l'escalier. Les fausses plumes d'autruche bruissaient à chacun de ses pas. Et comme le message stipulait « tenue de soirée », elle s'était coiffée de la tiare.

Léo l'attendait dans l'entrée, et elle sursauta presque en le voyant. Il portait un smoking noir, le torse barré par la ceinture bleue des princes de Grimentz. Il évoquait un fantasme d'adolescente, au point qu'elle ne put détacher son regard du sien en descendant les marches. Il lui rendit la pareille, visiblement admiratif, et lui sourit.

— Tu ressembles à une grande-duchesse.

— Merci, répondit Violetta d'un ton mal assuré. J'ai plutôt l'impression d'être une princesse de conte de fées.

— Je pensais que cette robe t'irait. Mais je dois avouer que le résultat est stupéfiant.

— Nous sommes donc Ginger Rogers et Fred Astaire dans *Le Danseur du dessus* ?

— Je pensais plus à Fred et Rita Hayworth. Parce

qu'il a dit que c'était sa partenaire préférée, lui murmura Léo à l'oreille.

Réprimant un gémissement de plaisir, Violetta demanda :

— Pourquoi ce cérémonial ?

— N'est-ce pas évident, grande- duchesse ? C'est ton anniversaire. Et ton dîner est sur le point d'être servi.

Il avait cuisiné ? Elle voulut demander comment, mais sa voix refusa de sortir. L'homme qui se tenait près d'elle lui coupait tout simplement le souffle. Il la conduisit jusqu'au salon, où la table avait été dressée pour deux. Cristal et porcelaine scintillaient sous l'éclat des bougies, et une bouteille de champagne patientait dans un seau en argent.

— Tu as trouvé des glaçons ?

— Je me suis servi de la glace qui s'était formée dans le congélateur… Si tu veux bien prendre place…

Il lui tira sa chaise, puis s'approcha d'une enfilade et revint avec un plat couvert d'un dôme.

— Le chef, madame, a créé ce soir un plat rare.

D'un geste théâtral, il révéla le contenu de l'assiette.

— Pain poêlé et haricots blancs en confit de tomates. Le pain était congelé, mais le chef m'assure qu'il est de la plus haute qualité. Tout comme ce champagne qui, lui, l'est vraiment, fit Léo en ouvrant la bouteille. Loué soit le bon goût de ma grand-mère.

Après avoir rempli deux flûtes, il en poussa une vers elle et leva la sienne.

— Puis-je te souhaiter un excellent vingt et unième anniversaire, grande-duchesse ?

Violetta poussa un soupir d'aise lorsque les bulles éclatèrent sur sa langue.

— C'est bon ?

— Délicieux. Comment as-tu préparé tout ça ? demanda-t-elle en attaquant son « dîner ».

— J'ai eu beaucoup de temps libre pendant que tu te cachais.

— Je ne me cachais pas. Je lisais un livre sur l'industrie de la dentelle de Grimentz. Très intéressant.

— C'est bien ce que je dis. Tu te cachais. Qu'est-ce qui te fait le plus peur ? De découvrir que tu aimes que je t'embrasse ? Ou que tu m'aimes, moi ?

Avec un rictus narquois, Violetta continua de manger.

— Avoue que tu as été surprise.

— Tu parles du baiser ? Oui, j'ai trouvé ça agréable, mais je n'ai rien à quoi le comparer.

— Oh ! Violetta, tu es décidément bien dure avec moi.

— C'est grande-duchesse, ou Votre Altesse Sérénissime, jusqu'à ce que je décide que je t'apprécie assez pour t'autoriser à employer mon prénom, répondit Violetta, redressant le menton d'un air théâtral.

— Dans ce cas, Ton Altesse Sérénissime, es-tu prête pour la suite du programme de ce soir ?

Violetta le dévisagea, le regard brillant. Dans l'excitation, elle en oublia de jouer son rôle de duchesse.

— Ce n'était pas tout ? demanda-t-elle, désignant son dîner.

— C'est ton vingt et unième anniversaire. Bien sûr que non, ce n'était pas tout.

Lorsqu'il ouvrit les portes de la salle de bal, Violetta se figea de surprise. Des dizaines de chandelles brûlaient sur les candélabres, démultipliées par les miroirs qui couvraient les murs.

— C'est ton anniversaire, et nous nous devons d'avoir un grand bal pour le célébrer, déclara Léo lorsqu'elle leva vers lui un regard interrogateur.

Il tendit la main. Elle lui offrit la sienne et le laissa la conduire vers le centre de la pièce. À l'aide d'une petite télécommande, il enclencha le lecteur CD qu'il avait apporté de la cuisine. Une valse se fit aussitôt entendre.

Ils tournoyèrent dans la pièce, l'un contre l'autre, en un accord parfait. Violetta se détendit soudain et s'abandonna au plaisir de la danse. L'étreinte de son compagnon se resserra peu à peu, et il ralentit jusqu'à s'arrêter complètement. Ses yeux, dans la pénombre, brillaient d'un éclat ardent.

— Léo… Nous ne dansons plus.

— Finement observé.

Puis il l'embrassa. Cette fois, Violetta ne songea même pas à l'arrêter. Sa raison s'éteignit, comme une bougie soufflée par la tempête qui faisait toujours rage dehors. Sans se détacher d'elle, il la conduisit jusqu'à un canapé dont le drap avait été rejeté en arrière et s'y assit. Violetta s'installa sur sa cuisse, les doigts dans ses cheveux, ivre d'excitation. Elle brûlait de le toucher plus intimement, et s'attaqua sans réfléchir à sa veste. Il l'aida à l'en débarrasser, la laissa tomber à ses pieds. Violetta s'en prit ensuite à sa chemise, les doigts fébriles, et soupira presque de soulagement lorsqu'elle les fit enfin glisser sur la peau brûlante de son torse.

Avec un soupir rauque, Léo se redressa pour déboutonner son pantalon et l'envoyer valser d'un coup de pied. Son caleçon suivit le même chemin. Il était encore plus beau nu qu'habillé, et Violetta l'étudia d'un regard gourmand. Ses yeux descendirent sur son érection, qui s'accentua tandis qu'elle l'observait, plus impressionnante encore que dans ses fantasmes.

À son tour, son compagnon entreprit de la déshabiller. D'un geste sûr, il fit glisser sa culotte de dentelle le long de ses jambes. Sa respiration lourde, son évidente excitation, bannirent les derniers doutes de Violetta. Elle prit place à califourchon sur lui, s'abandonna entre ses bras à un jeu de doigts, de langues, peau contre peau, dans une mélodie de soupirs, de français et d'italien mêlés, de hoquets de plaisir. La même passion les emportait. Violetta se consumait, les cuisses brûlantes. Elle voulait sentir Léo en elle – n'y était-il pas déjà, logé dans son cœur ? Lascivement, elle pressa son bassin contre le sien.

— Non…, gronda-t-il, le regard brillant de passion et de regret. Nous n'avons pas de protection… Mais nous pouvons faire d'autres choses…

— Il n'y a rien à craindre. C'est la fin de mon cycle…

De nouveau, elle ondula contre lui. Un frisson parcourut le corps puissant de son fiancé.

— Mais pas comme ça. C'est ta première fois. Ce serait inconfortable.

Bien sûr, il savait qu'elle était vierge, puisqu'elle avait dû subir un examen prénuptial. Le souvenir de cette humiliation fut vite oublié lorsque Léo se pencha et prit un téton entre ses lèvres. Comment avait-elle pu ignorer l'existence de tels délices ? se demanda Violetta. Et pourrait-elle se contenter d'une seule nuit ? Elle avait l'impression qu'elle n'aurait pas assez d'une vie pour connaître Léo. Peut-être pourraient-ils être amants ? Tant qu'ils n'étaient pas mariés, le duché ne risquait rien. Et le duché était le plus important, se répéta-t-elle.

Avec douceur, Léo lui prit le menton et la força à le regarder.

— Arrête de réfléchir, Violetta. Contente-toi de ressentir…

Comme s'il exécutait un mouvement de danse, sans le moindre effort apparent, il la coucha sur le canapé. Sa main glissa entre ses cuisses, les écarta doucement. Violetta sentit une vague de désir l'inonder.

— Contente-toi de ressentir, répéta-t-il, refermant ses larges mains sur ses hanches.

Puis il glissa en elle. La douleur fut brève, vite oubliée. Il se retira avec douceur, revint aussitôt à l'assaut. Les yeux mi-clos, la tête un peu renversée en arrière, il crispait la mâchoire sous l'effet du plaisir.

À regarder cet homme en proie au désir, Violetta eut pour la première fois l'impression d'être la plus belle femme du monde. Elle fit donc ce qu'il lui avait demandé, arrêta de réfléchir et s'abandonna à son tour à la passion.

Léo ne réfléchissait pas davantage. Il n'était qu'émotions. La chaleur qui enserrait son sexe, le parfum excitant qui emplissait ses narines, le forçaient pourtant à lutter contre son instinct. Instinct qui lui criait d'accentuer ses estocs, de se perdre en elle, plus vite, plus profondément encore. Mais il se força à prendre son temps. C'était la première fois de Violetta, et il ne voulait pas l'effrayer.

À sa surprise, ce fut elle qui décida du rythme à adopter, en plaquant son bassin de plus en plus fort contre le sien quand il revenait à l'assaut, en laissant échapper des gémissements de plus en plus sonores. N'y tenant plus, Léo s'abandonna au plaisir lorsqu'il la vit hoqueter et écarquiller les yeux sous l'effet de l'orgasme.

Il retomba contre elle quelques instants plus tard, hors d'haleine, et cueillit un dernier baiser sur ses lèvres. Quand Violetta se blottit contre lui, il referma un bras autour de ses épaules comme pour la protéger des éléments qui assaillaient la maison. Elle ferma les yeux et ne tarda pas à s'assoupir, mais lui resta conscient. Pleinement éveillé, il la regardait. Il devait capturer ces instants, en accueillir chaque seconde et les classer une par une dans sa mémoire. Car il savait que, comme les chandelles qui s'éteignaient maintenant en grésillant au-dessus de leur tête, ce bonheur était éphémère.

# 9.

Léo s'éveilla, en proie à une sensation étrange.

Une femme dormait près de lui, la tête juste sous son menton, ses cheveux étalés sur son torse, ses jambes mêlées aux siennes. Au sol, leurs vêtements éparpillés racontaient toute l'histoire. Il enveloppait Violetta de ses deux bras, comme si, même dans le sommeil, il avait voulu la protéger. Réveillé, il n'avait pas davantage envie de la relâcher.

Avec un soupir, il l'attira plus étroitement contre lui. Mais le monde extérieur, bien vite, se rappela à lui. La tempête avait enfin cessé, et d'autres sons se faisaient entendre : ceux de pieds sur le gravier, les voix de ses gardes du corps, le rotor d'un hélicoptère.

Léo ne bougea pas, désireux de préserver ce moment le plus longtemps possible. Pour faire semblant, l'espace de quelques instants, de vivre dans un monde où Violetta et lui étaient libres de faire ce qu'ils voulaient. Chose impossible, bien sûr, et c'était sans doute pour le mieux. Ce qu'ils venaient de vivre, quel que soit le nom qu'on pouvait lui donner, était terminé. Il avait peut-être pris sa virginité, mais il ne prendrait pas son duché. Il n'en avait pas le droit, en dépit de ce que son père voulait. Il prenait enfin conscience du fait qu'il ne ressemblait pas à son géniteur – c'était tant mieux. Friedrich von Frohburg était un tyran.

Avec douceur, il réveilla la jeune femme, celle à laquelle il devait aussi renoncer. Elle soupira, puis ouvrit les yeux et le fixa d'un regard limpide.

— Nous devons nous lever, dit-il d'une voix rauque. On vient nous chercher.

Par un interstice entre les volets, Violetta assista à l'atterrissage de l'hélicoptère sur les pelouses, ses flancs noirs frappés du blason rouge et or des von Frohburg. L'appareil n'était qu'un élément d'une flotte impressionnante. Capable d'accueillir une dizaine de personnes, il représentait la puissance de la famille régnante de Grimentz.

Une alliance entre leurs pays n'était-elle pas possible ? se demanda-t-elle. Après cette nuit, Violetta se sentait envahie d'une confiance nouvelle en l'avenir. Même si son oncle décidait de lui faire obstacle, elle pourrait s'appuyer sur Léo pour récupérer le trône. Avec lui, elle se sentait capable de tout.

Les marches de l'hélicoptère se déployèrent, et Seb apparut. Léo le rejoignit à grandes enjambées, vêtu de ses vêtements froissés de la veille. Ce simple spectacle fit frissonner Violetta d'excitation. Puis une seconde silhouette émergea de l'hélicoptère, et elle fronça les sourcils. L'ancien Premier ministre de San Nicolo était-il là ? Signor Carello avait été renvoyé après la mort de ses parents, lorsque son oncle avait assumé la régence. Guido l'avait congédié pour une supposée incompétence, jamais prouvée. S'il était là aujourd'hui, et pas son oncle, c'était que quelque chose d'important s'était passé.

Qu'avait dit Léo, au juste ? « Entoure-toi de gens de confiance qui partagent tes valeurs. » Signor Carello était de ces gens-là. Il l'avait toujours écoutée, avait répondu à ses questions et l'avait prise au sérieux. Puisqu'elle était maintenant grande-duchesse, en théorie en tout cas, elle devait lui parler.

Après avoir enfilé la veste de smoking que Léo avait portée la veille, elle se passa une main dans les cheveux et les remit derrière ses épaules, puis sortit à son tour. L'expression des hommes, lorsqu'ils la virent, changea. Surtout celle de Léo, qui la couva d'un regard chaleureux. Seb fut le premier à parler.

— Grande-duchesse, permettez-moi de vous dire que vous êtes très élégante.

Il se pencha pour lui offrir un baisemain, et un drôle de son, mi-grognement, mi-soupir, monta de la gorge de Léo. Son cousin parut s'en amuser au plus haut point. Enfin, Violetta se tourna vers Signor Carello, qui s'inclina.

— Votre Altesse, nous sommes très soulagés de vous trouver en pleine santé.

— Merci beaucoup. Pardon, mais je suis curieuse. Où est mon oncle ?

Carello jeta un regard de biais à Léo, qui acquiesça.

— Dites-lui tout. Elle est grande-duchesse. Elle doit être mise au courant.

— Grande-duchesse, je suis porteur de nouvelles. D'abord, je tiens à vous rassurer : contrairement à Grimentz, nous avons été épargnés par la tempête et n'avons subi que des dégâts mineurs. Mais nous avons à affronter une autre tempête. Dès l'instant où votre oncle a appris que vous n'aviez pas épousé le prince, il s'est enfui du pays. Il comptait sur le mariage pour renflouer les caisses que votre père puis lui avaient vidées. Oh ! pas par intérêt personnel. Mais, dans l'espoir de rivaliser avec la fortune de Grimentz, ils ont fait des investissements hasardeux. Et ils n'ont pas su limiter les dégâts.

— Vous voulez dire que…

— Oui. San Nicolo est en faillite.

*Épouse-moi,* songea Léo. *Épouse-moi, et je réglerai tous tes problèmes.*

Il pouvait, légitimement, renflouer les finances du royaume. Mais la Constitution obligerait Violetta à lui céder le trône. C'en serait fini de ses rêves. Et il ne pouvait l'aider sans l'épouser. On l'accuserait d'essayer de s'emparer du duché par d'autres moyens.

— J'ai une fortune personnelle, déclara Violetta. Et il y a les trésors de la famille. Je suis sûre que nous pourrons lever les fonds pour financer le duché quelques mois. Je ne laisserai pas le peuple payer les erreurs de ma famille.

Même vêtue de plumes d'autruche et dominée par trois hommes, elle se comportait déjà en duchesse, songea Léo. Carello et Seb échangèrent un regard surpris, avec l'air de se demander qui était cette femme. Léo en éprouva une bouffée de fierté, aussitôt suivie d'un sentiment de déception. Elle n'avait pas parlé de lui dans ses plans. Mais pourquoi s'en étonnait-il, quand sa propre mère l'avait abandonné pour suivre ses rêves ? Ce n'était pas la première fois qu'on le rejetait. Il y avait survécu et y survivrait de nouveau. Un homme ne tombait pas amoureux en deux jours de toute façon. Violetta allait de l'avant, et il devait faire de même.

— Nous avons du travail, déclara-t-il. Assez perdu de temps.

Léo fit un geste en direction de l'hélicoptère, dont deux autres personnes émergèrent : Matteo, son majordome, armé d'une petite valise, puis une jeune femme.

— Luisa…, murmura Violetta.

Sa camériste. Son amie. Elle aurait voulu courir vers elle et la prendre dans ses bras, mais elle était désormais grande-duchesse. Léo la dévisageait – elle savait qu'il était responsable du retour de Luisa.

— Merci, souffla-t-elle.

Il inclina la tête, puis se tourna vers la camériste.

— La duchesse peut-elle être prête à partir dans un quart d'heure ?

— Bien sûr, Votre Altesse.

Quinze minutes plus tard, Violetta embarqua dans l'hélicoptère, vêtue d'un jean et d'une chemise bleue. Heureusement, son amie ne lui avait pas posé la moindre question pendant qu'elle l'aidait à se préparer. Elle devrait pourtant, tôt ou tard, lui expliquer ce qui se passait.

*Je suis tombée amoureuse de l'homme que j'ai fui.*

Léo les rejoignit, lui aussi en jean et en bottes militaires. L'hélicoptère décolla, et elle regarda avec mélancolie le château rétrécir à ses pieds. À l'exception de quelques tuiles manquantes et d'arbres abattus, il semblait avoir bien résisté à la tempête.

Le reste de Grimentz n'avait pas eu cette chance. Un paysage de désolation défila sous l'appareil : champs noyés, granges emportées, voitures retournées, pylônes abattus. Des ponts avaient été détruits par les rivières en furie. Même la route que Léo et elle avaient empruntée moins de quarante-huit heures auparavant avait été emportée en plusieurs endroits.

Ils atterrirent en bordure de l'un des villages les plus touchés du pays, à l'orée d'une vallée où avait dévalé un torrent gonflé par l'orage. Les bâtiments officiels étaient intacts, et des familles abruties de fatigue s'y pressaient. Tous poussèrent des cris de joie en apercevant Léo, s'approchèrent pour lui serrer la main, le toucher. Une vieille dame se leva à grand-peine d'une chaise pour l'embrasser sur la joue. Il parla à chacun, s'accroupit pour parler à une enfant intimidée agrippée à une peluche boueuse.

C'était un autre Léo. Pas le prince hautain que Violetta avait connu, mais un homme du peuple comme les autres. Violetta retint une larme, d'autant qu'on la regardait curieusement. Une femme la percuta, puis ouvrit des yeux ronds en la reconnaissant.

— Pardon, Votre Altesse ! s'exclama-t-elle, rajustant sa prise sur une pile de cartons.

— Laissez-moi vous aider, fit Violetta, s'emparant aussitôt de trois boîtes. Où voulez-vous mettre ça ?

Du menton, la femme indiqua un coin de la pièce, où des volontaires triaient les dons qui affluaient.

— Que puis-je faire d'autre ? demanda-t-elle après avoir déposé son fardeau.

Elle crut un instant qu'on allait refuser son offre. Certains la dévisageaient d'un air accusateur – elle était une Della Torre, l'ennemi héréditaire. La femme qui l'avait percutée, heureusement, la sauva en désignant quatre tables.

— Vêtements pour hommes, pour femmes, pour enfants. Sur la dernière, les serviettes et les draps.

Violetta empoigna une caisse et, avec l'aide de Luisa, commença à trier.

Une heure plus tard, Violetta redressa la tête lorsqu'une ombre la couvrit. Léo se tenait devant elle, sourire aux lèvres. D'un geste imperceptible du menton, il lui fit signe de la rejoindre dans un coin et annonça à mi-voix :

— Le village voisin a besoin de notre aide. Ça t'ennuie de rentrer par la route ? D'ici à la capitale, elle est praticable.

— Pas de problème.

— Merci. Et si je puis encore abuser de ta générosité… Mon illustre cousin, alors que le pays a besoin de toutes les bonnes volontés, s'est enfermé dans sa chambre et refuse d'en sortir.

— Seb ? Mais je l'ai vu…

— Pas Seb, non. Son demi-frère aîné, Max. Il est le suivant dans l'ordre de succession. C'est aussi un crétin fini. Peux-tu me représenter au palais ?

Violetta ne répondit pas aussitôt, émue par cette marque de confiance. Enfin, elle acquiesça.

— Avec joie. J'ai été préparée à ce rôle toute ma vie, après tout.

— Merci. Avant de te quitter, j'aimerais te présenter Tomasz et Pierre.

D'un geste, il fit signe à deux hommes d'approcher.

— Ce sont tes gardes du corps. Tu connais presque Tomasz, c'est celui qui aime se cacher dans les buissons.

— Est-ce que j'ai vraiment besoin de…

— Oui, et ce n'est pas négociable. Tu es notre invitée, il est de notre devoir de te protéger. Ces hommes sont les meilleurs et donneraient leur vie pour toi. Je ne leur confierais pas une charge si précieuse si ce n'était pas le cas.

Violetta réprima un soupir. Comme elle aurait aimé que Léo reste à ses côtés pour ses premiers pas en tant que duchesse. Déjà, il s'éloignait, entouré de ses propres agents.

— Madame ? fit Tomasz, ouvrant une porte latérale devant laquelle trois limousines attendaient.

Lorsque la voiture arriva au château, une heure plus tard, une femme à l'allure stricte vint à leur rencontre.

— Votre Altesse, fit-elle avec une révérence, je suis Hélène, la cheffe du Protocole. Nous sommes ravis de vous avoir parmi nous.

Bien qu'intimidée, Violetta redressa le menton, décidée à ne pas décevoir Léo. Grimentz avait besoin d'aide.

— La presse est là, je suppose ?

— Oui, Votre Altesse.

— Bien. J'aimerais parler aux journalistes.

# 10.

Une heure après la conférence de presse, des habitants de San Nicolo commencèrent à arriver. D'abord quelques-uns, puis des centaines, tous armés de vivres et de vêtements. Ils affrontèrent la traversée du lac, encore chargé de débris, pour se porter au secours de leurs voisins. Des médecins, des infirmiers, des professeurs, des cuisiniers se présentèrent spontanément pour proposer leur aide. Ils remplissaient presque la cour du château. Les ministres des deux pays s'étaient mis en contact pour faciliter échanges et démarches. Des habitants de Grimentz dont la maison avait été détruite firent la traversée inverse pour loger dans des hôtels ou chez des particuliers.

Violetta coordonnait les efforts, prenant sans hésiter des décisions qui incombaient en temps normal à Léo. Elle donnait un point presse régulier, encourageait les volontaires épuisés, jouait parfois quelques minutes avec un enfant pour permettre à ses parents de respirer.

La nuit venue, une fois toutes les urgences traitées, elle envoya le personnel se coucher, puis demanda à Hélène de lui montrer une chambre que Luisa et elle pourraient utiliser. Au lieu de celle qu'elle avait occupée la veille du mariage, on la mena à la suite Elisabetha, destinée à la princesse régnante. C'étaient les anciens appartements de la mère de Léo.

— Hmm, je crois qu'il y a une erreur…

— Non, Votre Altesse, le prince a été très clair.

Les pièces qui composaient l'appartement étaient d'une beauté presque intimidante, avec leurs hauts plafonds, et le bleu profond des tentures rehaussé par des touches d'or. Aux fenêtres, des rideaux bleu ciel se déployaient en volutes soyeuses. Le même tissu entourait un immense lit à baldaquin couvert d'une opulente couette et de nombreux oreillers. Luisa croisa son regard, et haussa un sourcil taquin qui fit rougir Violetta jusqu'aux oreilles.

Au milieu de la pièce, contre un vase débordant de roses jaunes, une carte était posée. L'une de ces fameuses cartes destinées aux touristes, montrant Léo à la manœuvre d'un Zodiac en pleine tempête, le regard perdu vers l'horizon. Au dos, une simple note de son écriture désormais familière.

*Je pensais que cette carte te plairait. J'ai l'air particulièrement macho, n'est-ce pas ?*

Malgré sa fatigue, Violetta se mit à rire. Macho et diablement séduisant. Son cœur, comme toutes les fois qu'elle pensait à lui, bondit dans sa poitrine. Au beau milieu d'une urgence nationale, il avait pris le temps de lui écrire un mot. Devait-elle en déduire qu'elle comptait à ses yeux ? Qu'il l'aimait ? Malgré l'assurance qu'il affichait, elle savait qu'il doutait. Si Léo éprouvait quelque chose pour elle, il ne ferait sans doute pas le premier pas. Elle devrait trouver le courage de le faire.

Elle prit une douche, enfila la nuisette de soie ivoire que Luisa avait apportée, et s'installa dans un fauteuil pour attendre.

À chacune de ses questions, Léo recevait la même réponse : « la grande-duchesse ».

Qui avait tenu toutes les conférences de presse ? Qui

s'était occupé de gérer les secours, de faire tourner le personnel pour éviter son épuisement ? Qui avait pris toutes les décisions essentielles et s'était assuré du moral des troupes ?

Malgré la crise financière que traversait San Nicolo, elle l'avait aidé sans hésiter. Leurs peuples se côtoyaient pour la première fois depuis quatre cents ans. Toute la journée, il avait vu des équipes de secouristes des deux pays travailler main dans la main. Les habitants dont les logis étaient intacts accueillaient les réfugiés, hébergeaient les volontaires. Les animaux étaient relogés dans des fermes du duché dans l'attente de la décrue. Des bateaux avaient fait la traversée pendant toute la journée, chargés d'hommes, d'équipements et de vivres.

Sitôt rentré au palais, Léo se dirigea malgré sa lassitude vers les quartiers qu'il avait fait attribuer à Violetta. Il aurait dû la laisser tranquille, mais il éprouvait un irrépressible besoin de la voir. Il se contenterait de cogner doucement au battant et, si personne ne répondait, il partirait.

De la lumière brillait sous la porte. Il prit une inspiration, hésita une dernière fois, puis frappa trois petits coups.

Il était une heure du matin lorsque l'on frappa à sa porte. Violetta bondit de son siège pour ouvrir à un Léo visiblement épuisé, couvert de boue. Il suivit la direction de son regard, baissa les yeux sur ses vêtements et fit la grimace.

— Désolé. Je n'aurais peut-être pas dû venir.

— Au contraire, dit-elle en le tirant par la main. Tu es au bon endroit.

— Je suis venu te remercier pour tout ce que tu as fait.

— Allons, ce n'est rien en regard des efforts déployés par tous les volontaires.

— Ne sous-estime pas ta contribution. Je n'entends que des louanges à ton sujet.

Rougissant légèrement, elle accepta le compliment d'un signe de tête.

— Comment était ce village auquel tu t'es rendu ?

— Encore pire que celui où je t'ai laissée. Nous avons secouru un couple et leur jeune enfant coincés sur le toit de leur ferme. Leur famille y vivait depuis des générations.

— Ta présence a dû être un réconfort.

— Je ne vois pas comment. Ils ont tout perdu. C'est un miracle que personne ne soit mort.

— Alors raccroche-toi à ce miracle. Le reste peut être reconstruit, et tu es en position de le faire.

Léo passa une main lasse sur son front, puis haussa les épaules.

— Je ne peux pas m'empêcher de me demander ce que mon père aurait fait.

— Moins bien que toi.

— Tu as l'air très sûre de toi.

— Je le suis. Tu es quelqu'un de bien. Et un bon dirigeant. Tu as mangé ?

— Non, mais je ne veux pas déranger le personnel.

— Ce ne sera pas la peine, fit Violetta, désignant un chariot couvert de dômes argentés. Je t'ai fait préparer quelques petites choses, au cas où.

— Tu es incroyable…

— Si c'est le cas, le crédit en revient à ma mère. Elle ne m'aimait peut-être pas, mais elle m'a appris à être utile.

— Je suis désolé. Je sais ce que c'est que de ne pas recevoir l'amour que l'on attend, que l'on mérite.

— Ton peuple t'aime, Léo.

Il redressa la tête, le sourire aux lèvres.

— Tu as l'air surprise.

— Non, je suis impressionnée. Ni mon père ni mon oncle n'ont jamais été aimés par les habitants du pays. Tu te rappelles cette vieille dame qui t'a embrassée ?

Elle imita le geste, et Léo soupira.

— Attention, je suis couvert de boue.

— Dans ce cas, murmura Violetta, allons te nettoyer.

Il se laissa guider vers la salle de bains, un mélange d'étonnement et d'excitation dans les yeux, et déshabiller sans rien dire. Sa chemise d'abord, puis ses bottes. Avec des mains de plus en plus tremblantes, Violetta déboutonna son jean et frémit au spectacle de son caleçon, gonflé par un début d'érection. Après une hésitation, elle laissa glisser sa propre chemise de nuit et le tira vers la douche.

Une vapeur chaude envahit la pièce, brouillant les contours de leurs corps. S'armant d'un savon, elle le fit mousser entre ses mains, qu'elle passa sur le torse de son fiancé, sur son dos, sur son ventre. La tête renversée en arrière, il exposait son visage au jet chaud, tremblant légèrement sous ses soins. Son sexe se tendit, rigide comme de l'acier, et Violetta l'empoigna. Elle caressa du pouce son extrémité engorgée, puis entama un mouvement de va-et-vient qui arracha à Léo un grondement de plaisir. Ses yeux se rouvrirent soudain, et elle fut heureuse de ne plus y lire la moindre trace de fatigue.

Sans effort, il la souleva et la plaqua contre le mur. Violetta noua instinctivement ses jambes autour de sa taille et soupira d'aise lorsqu'il glissa en elle, d'un seul mouvement. Ils firent l'amour avec une passion presque animale, désespérée. Après la détresse, après tout ce qu'ils avaient vu dans la journée, ils avaient besoin de se sentir vivre. Corps mêlés, lavés par l'eau et le savon qui ruisselaient sur leurs corps, ils sentirent l'orgasme venir. Violetta eut l'impression que quelque chose d'autre de lui rentrait en elle, un flot d'énergie pure. Ils étaient liés, irrémédiablement, et les dernières défenses qu'elle entretenait envers cet homme s'effondrèrent sans qu'elle en ait conscience.

— Je t'aime, hoqueta-t-elle, parcourue de convulsions de plaisir. Oh Léo, je t'aime.

Face à elle, le prince perdait lui aussi tout contrôle sur lui-même, et l'homme qu'il s'efforçait tant de cacher émergea. Sauvage, plus beau que jamais, entièrement concentré sur elle et oublieux du reste du monde. Il agrippa une épaisse serviette accrochée au mur et en enveloppa Violetta, qu'il déposa doucement sur le sol de marbre. À genoux entre ses cuisses, les mains refermées sur ses hanches, il accéléra le rythme de ses assauts jusqu'à s'abandonner à son tour en elle, avec un cri de plaisir presque désespéré.

Hors d'haleine, Violetta était incapable de bouger. Après de longues minutes, Léo saisit une autre serviette dont il s'enveloppa la taille, puis il l'aida à se relever et lui mit un peignoir sur les épaules. Tendrement, il repoussa une mèche mouillée de son front et l'entraîna vers le salon.

— J'ai besoin de manger quelque chose.

— Laisse-moi faire.

Encore tremblante, Violetta lui prépara une assiette de fromage et d'olives, puis versa deux verres de vin rouge de San Nicolo. Léo s'installa sur le canapé, torse nu et jambes croisées, pour manger en silence.

— Tu… tu as entendu ce que j'ai dit ?

— J'ai entendu, Violetta.

— Et ?

Son fiancé but une gorgée de vin, se tamponna les lèvres avec sa serviette avant de répondre enfin :

— Et ça ne change rien. Nous avons déjà discuté de cela. Pour des personnes comme nous, l'amour ne fait pas partie de l'équation. Il ne fait que compliquer les choses. Ton pays a besoin d'une dirigeante. C'est là que tu trouveras toute la satisfaction dont tu as besoin.

— Mais c'est toi que je veux.

— Ce n'est pas possible.

— Pourquoi ?

— Parce que tu aimeras ton duché plus que tout. Rien ne pourra jamais rivaliser. Surtout pas moi.

Abasourdie, Violetta secoua la tête. Comment pouvait-il croire une chose pareille avec ce qu'ils venaient de partager ? Était-il fait de pierre ?

— Tu dis que je ne peux pas avoir les deux. Mais je suis d'abord une femme, et une princesse ensuite. Je consacrerai mes journées à San Nicolo, mais mes nuits… Elles seraient pour toi.

— Tu es naïve, grande-duchesse. San Nicolo va t'avaler tout entière. Tu lui appartiendras entièrement et n'auras plus rien à m'offrir.

— Tu me repousses ? demanda Violetta, crispant les doigts sur son verre.

— Je suis juste réaliste. Fais-moi confiance. Tu sais que j'ai plus d'expérience que toi en la matière. Deux monarques avec chacun un pays à gouverner, c'est impensable. Nous n'aurions pas une minute l'un pour l'autre.

Pourquoi avait-elle l'impression qu'il lui mentait ?

— Tu étais pourtant prêt à m'épouser il y a peu.

— C'est différent. Tes devoirs auraient été tout autres.

Violetta n'hésita qu'un instant : elle n'aurait peut-être pas d'occasion de lui dire ce qu'elle avait sur le cœur plus tard. Elle s'approcha, et s'assit près de lui.

— Tu as peur. Peur de souffrir, poursuivit-elle malgré le froncement de sourcils qui accueillit ses premiers mots. Tu redoutes d'avoir une nouvelle fois le cœur brisé. Mais tu sais que je ne te ferais jamais ça.

— Mon cœur n'est pas en cause. C'est une question pratique. Tu ne sais pas encore ce que c'est que de diriger un pays.

— Ah, un homme qui m'explique qu'il en sait plus que moi… Combien de fois ai-je entendu cela ? Je n'ai peut-être jamais dirigé un pays, mais je ne suis pas idiote. Je sais ce qu'un tel poste exige en termes d'investissement personnel.

— Violetta, je ne prétends pas t'apprendre quoi que ce soit. Mais je tiens ce rôle depuis des années…

Violetta se redressa, irritée, pour arpenter la pièce. Son cœur battait la chamade.

— Peu importe. Je n'accepte pas que nous ne puissions pas suivre nos cœurs.

— Suivre *ton* cœur, tu veux dire. Je ne suis pas d'accord avec ton analyse de la situation.

— Mon analyse ? répliqua-t-elle en s'immobilisant. Je te parle d'amour, Léo ! Et je crois que tu le ressens aussi.

Lentement, son compagnon se leva. Il froissa sa serviette et la laissa tomber dans son assiette.

— Si c'est ce que tu crois, grande-duchesse, je vais devoir te détromper.

Violetta le fixa, hésitante. Elle savait qu'au fond elle avait raison. Léo ne pouvait se départir d'un cynisme hérité de son éducation, mais il n'était pas aussi imperméable à l'amour qu'il voulait le faire croire.

— Comment puis-je franchir ces barrières derrière lesquelles tu te caches ? demanda-t-elle, tapant son torse du poing.

— Il n’y a rien derrière ces barrières, répondit-il, de marbre.

— Je sais que tu mens. Il y a un cœur qui bat. Je l’ai entendu.

Elle se plaqua contre lui, puis murmura :

— Je peux même le faire battre plus fort.

— Certes. C’est juste du sexe.

Mais elle sentit le frisson qui le parcourut. Il n’était pas aussi calme qu’il voulait le faire croire.

— Et c’est pour ça que tu as frappé à ma porte ce soir ? Pour le sexe ?

— Oui.

Il avait hésité avant de répondre, de manière presque imperceptible.

— Tu mens. Pas juste à moi, mais à toi-même. Laisse parler l’homme et pas le prince.

— Violetta, après tout ce que j’ai vu aujourd’hui, crois-moi, tu n’as pas besoin de libérer l’homme.

— C’est exactement ce que je veux. Mets-toi ça dans le crâne. Je connais cet homme et je l’aime.

— Il n’est pas disponible. Tu aurais pu avoir le prince, mais tu l’as refusé.

— J’ai donc raison : tu me rejettes.

— Je prends juste la décision qui s’impose dans notre intérêt mutuel. Mais nous avons toute la nuit devant nous… Ne la gâchons pas.

— C’est tout ce que tu m’offres ?

— C’est aussi tout ce que tu peux m’offrir. Au matin, tu appartiendras à ton duché. Nous n’avons que ce soir. C’est à prendre ou à laisser.

Violetta le fixa, se demandant quelle conduite adopter. Il était évident qu’il ne l’entendait pas. Son cœur portait la marque de trop nombreuses blessures. Comment l’atteindre, si les mots n’y parvenaient pas ?

*Le temps.*

Elle en disposait et pouvait se permettre d'être patiente. Mais, avant cela, elle comptait bien lui montrer ce à quoi il renonçait. Et quel meilleur moyen pour le faire que de lui offrir une nuit inoubliable ?

Sa fiancée le fixait d'un air abasourdi. Parfait. Elle devait comprendre que l'amour n'était pas une voie possible. Son duché passerait avant tout, il le savait. Même son propre père avait fait passer le pays avant lui, Léo !

— Très bien, dit-elle avec une fermeté qui le surprit. J'accepte ton offre. Profitons de cette nuit.

Léo ne perdit pas de temps à analyser le soulagement qui l'envahit. Il se débarrassa de sa serviette, fit glisser le peignoir des épaules de Violetta et la porta, nue, jusqu'au lit. Puis il conquit ses lèvres en un baiser passionné, qu'elle lui rendit avec une ferveur égale à la sienne. De là, il glissa dans son cou et plus bas encore, vers ses seins. Une intense satisfaction lui tordit le ventre lorsqu'elle s'arc-bouta pour les lui offrir. Il s'attarda sur chaque téton, reprit son enivrante descente jusqu'à son ventre, puis à l'intérieur de ses cuisses. Elle était moite de désir, prête pour lui, et il crispa la mâchoire pour reprendre le contrôle de l'excitation qui montait en lui. Il avait tellement envie d'elle que son érection était presque douloureuse. Il se força à prendre son temps, glissant une langue sensuelle entre les pétales de son sexe, jusqu'à trouver son clitoris. Il y posa les lèvres, l'aspira légèrement, le libéra, recommença. Violetta se cambra, une fois, deux fois, puis jouit quelques secondes plus tard, le visage dans l'oreiller. Le souffle court, Léo remonta le long de son corps baigné de sueur et, le visage au creux de son cou, glissa en elle. Ses muscles brûlants se refermèrent autour de son membre, et elle lui prit la tête entre ses deux mains pour le forcer à la regarder. Dans ses yeux, il vit monter un nouvel orgasme, parfait miroir du plaisir qu'il éprouvait, et ce spectacle torride signa sa perte. Il s'oublia en elle, s'abandonna jusqu'à en perdre tout contact avec la réalité, à l'exception du nom qui résonnait, encore et encore, dans son esprit.

Violetta, Violetta, Violetta…

Par cette sublime matinée de printemps, ensoleillée, il aurait été facile d'oublier l'épreuve que le pays avait traversée quarante-huit heures plus tôt à peine. Luisa frappa à la porte à 7 heures et – Violetta lui en serait éternellement reconnaissante – ne posa pas la moindre question. Elle se contenta de l'aider à se préparer.

Avant de sortir, Violetta hésita. Et si elle allait trouver Léo pour lui dire qu'elle était d'accord pour l'épouser après tout ? L'espace d'un instant, elle se prit à rêver d'un monde où ils seraient ensemble. Puis elle vit le drapeau des von Frohburg, battant au vent sur la plus haute tour du château : un rappel, s'il en fallait, de l'autoritarisme du régime. Si elle l'épousait, le duché reviendrait à Léo. Et elle ne l'abandonnerait jamais, même pour un tel homme.

— La voiture est là, annonça Luisa.

Violetta acquiesça, tête haute. Elle quitta la chambre sans la regarder une dernière fois. Léo l'attendait dans la cour, près de la voiture qui devait l'emmener à l'héliport le plus proche. De là, un appareil de Grimentz la reconduirait à San Nicolo.

Vêtu d'un costume gris sombre et d'une cravate argentée, Léo sortait d'un rendez-vous avec des dignitaires étrangers et s'apprêtait à présider un conseil. Il était l'antithèse de l'homme en jean couvert de boue qui était apparu à la porte de sa chambre la veille, ou de celui qu'elle avait vu, trempé et sans uniforme, au château Elisabetha. Elle endurcit son cœur pour lui faire face.

— J'ai un cadeau pour toi, annonça-t-il. Je l'ai trouvé dans le trésor royal et j'ai pensé que ça te plairait. Un souvenir d'une personne que tu as rencontrée durant ton séjour ici…

Tout en parlant, il lui prit la main et y déposa une petite boîte couverte de velours. Luttant contre les larmes, Violetta ouvrit la carte glissée sous le ruban, et leva un regard surpris vers Léo après l'avoir lue.

— De la part d'Antonio et Hildegard ? demanda-t-elle.

Un sourire étira les lèvres du prince, même si son regard restait triste.

— Ils redoutaient que tu ne les oublies. Ils t'ont donc fait ce petit cadeau pour te rappeler ces moments au château.

— C'est très gentil à eux, fit Violetta d'une voix rauque. D'autant que je n'ai jamais rencontré Hildegard.

— Mais elle était là, quelque part, espérant que nous résoudrions enfin notre différend et que nous trouverions chacun notre voie.

Elle le dévisagea, fouillant son regard à la recherche d'une raison de rester.

— Je ne suis pas sûre que nous l'ayons trouvée…

— Nous avons fait le bon choix.

— Mais nous…

— Nous avons fait le bon choix, répéta-t-il en lui serrant le bras. Fais-moi confiance.

Violetta se résolut à ouvrir l'écrin. Là, sur un lit de velours, reposait une broche décorée d'émeraudes et d'opales d'une facture extraordinaire, en forme d'araignée.

— Elle est magnifique. Remercie Antonio et Hildegard pour moi.

Il lui adressa un sourire un peu crispé, puis l'aida à monter dans la voiture. La portière refermée, Violetta ne put s'empêcher de jeter un œil par la fenêtre, dans l'espoir qu'il la regarderait au moins partir. Mais il se dirigeait déjà vers le château, et vers une vie dont elle ne ferait jamais partie.

« Fais-moi confiance », avait-il dit. Peut-être était-ce la solution : lui accorder le temps nécessaire pour démêler ses sentiments, et vaincre la colère et le cynisme qui l'étouffaient.

La main crispée sur l'écrin de velours, Violetta décida d'oublier momentanément Grimentz, et de se tourner vers l'avenir. San Nicolo et ses habitants l'attendaient.

# 11.

Les couloirs du palais résonnaient des cris de joie d'un enfant. Un petit garçon chassé par un lion, animal mieux connu sous le nom de tante Violetta. Les employés du palais arboraient tous une expression surprise et ravie, tant la joie avait manqué à ce lieu pendant des années. C'était comme si quelqu'un venait d'ouvrir les fenêtres d'une pièce trop longtemps confinée.

Sitôt rentrée, Violetta avait contacté sa sœur et l'avait invitée à lui rendre visite. Francesca avait accepté aussitôt. Dès leur première rencontre, les sœurs s'étaient jetées dans les bras l'une de l'autre. Violetta avait retrouvé une sœur qu'elle n'avait jamais eue, et lui avait rendu tous les titres dont elle avait été déchue après sa fuite. Elle apprenait à conquérir son beau-frère, un homme taciturne et droit, qui avait refusé tout titre pour lui-même et insistait pour l'appeler Votre Altesse. Elle comprenait mieux pourquoi Francesca était tombée amoureuse de ce guerrier austère, mais généreux. Il lui rappelait un autre homme…

Le peuple de San Nicolo et celui de Grimentz se mêlaient désormais, pour la première fois depuis des générations. Seuls les dirigeants des deux pays se tenaient à distance. Ce n'était pas faute, de la part de Violetta, d'avoir essayé de revoir Léo. Mais, en dix mois, il avait soigneusement évité de se rendre aux mêmes manifestations qu'elle. Deux jours plus tôt, il ne s'était pas présenté à une soirée caritative à Cannes, alors qu'ils étaient tous deux sur la liste des invités. Seb l'avait représenté, et Violetta avait dû se rendre à l'évidence. Léo la fuyait.

Pour autant, elle n'en démordait pas : il avait des sentiments pour elle, profondément enfouis peut-être, mais bien réels. Elle ne pouvait pas se tromper. Et s'il n'était pas capable de se sauver lui-même, alors elle l'y aiderait. Le Bal de mai de Grimentz avait bientôt lieu, et elle avait échafaudé un plan audacieux avec l'aide de Seb.

Si même ce plan échouait, il lui faudrait rendre les armes, admettre qu'elle s'était trompée et reprendre le cours de sa vie. Seule.

— Tout est prêt pour ce soir, Votre Altesse, déclara Hélène, refermant le dossier dans lequel elle conservait ses notes. Les VIP de San Nicolo arriveront à 20 heures, et la princesse elle-même à… à…

La cheffe du Protocole s'interrompit, se rappelant sans doute de justice la règle tacite qui interdisait de mentionner le nom de Violetta en présence de Léo. Une règle qu'il n'avait jamais édictée lui-même et qui venait de ses employés.

— Parfait, Hélène. Votre équipe et vous avez fait un excellent travail.

Hélène fit une révérence rapide, puis se retira. Sachant qu'il serait incapable de travailler cet après-midi, Léo quitta la pièce en claquant la porte si sèchement que deux porcelaines de Meissen, posées sur une console du couloir, vacillèrent. Il s'en moquait, il les trouvait laides et ne les avait gardées que parce qu'elles lui rappelaient sa mère, seule concession au sentimentalisme qu'il s'était autorisé. Le moment était peut-être venu de s'en débarrasser, de les consigner au grenier. Ou, comme l'avait fait la grande-duchesse, de les donner au peuple.

Violetta avait cédé la collection privée des Della Torre au duché, qui pouvait en disposer à sa guise. Elle avait également donné l'essentiel de sa fortune, puis avait entamé une série de visites diplomatiques destinées à promouvoir San Nicolo. Le peuple l'adorait, la presse célébrait la moindre de ses décisions. Léo, à l'inverse, sentait que son propre peuple lui reprochait sans le dire de n'avoir pas su faire d'elle son épouse.

Dix mois s'étaient écoulés depuis qu'il l'avait quasiment poussée dans cette voiture, et qu'elle était sortie de sa vie. Dix mois depuis qu'il avait tourné les talons sans la regarder partir. Il s'était répété, à l'époque, qu'il avait bien fait, que leur histoire aurait de toute façon mal fini et n'aurait pas survécu aux exigences de leurs rôles respectifs.

Oui, il avait bien fait, s'était-il dit, jusqu'au jour où il était passé devant la suite Elisabetha et avait éprouvé une horrible sensation de vide. Depuis ce jour, elle ne l'avait plus quitté. Ses conseillers, anxieux, lui avaient conseillé de se trouver une nouvelle fiancée, et fourni une liste de célibataires éligibles. Des aristocrates européennes, tout ce qu'il y avait de plus convenables, dont certaines étaient même agréables à regarder. Il avait pris la liste et l'avait mise sous sa pile de choses à faire. Aucune ne l'intéressait, parce qu'aucune n'était Violetta.

Léo se dirigea vers sa salle de sport, espérant qu'un peu d'activité lui éclaircirait les idées. Son père, il en avait conscience, lui reprocherait sa faiblesse. Avoir besoin de quelqu'un, pire encore d'une femme, n'était pas digne d'un Frohburg. Pourtant, durant la dernière nuit que Violetta et lui avaient passée ensemble, il avait eu besoin d'elle comme de respirer. Il avait espéré l'oublier après cet épisode et s'était abîmé dans son travail après avoir compris qu'il s'était trompé. Il s'était employé à rebâtir le pays et à aider son peuple. Il n'avait pas pris un jour de vacances depuis. Mais, le problème, c'étaient ses nuits. Lorsque, épuisé et incapable de dormir, il parcourait le Net à la recherche de photos de Violetta. Il avait trouvé un portrait officiel d'elle, pris un mois avant leurs fiançailles. Elle souriait, sous une tiare et une écharpe bleue, mais il percevait sa tension. Quelqu'un d'autre avait choisi sa tenue. Un mois plus tard, une nouvelle photo officielle était parue. Cette fois, elle ne portait pas de tiare, et sa robe était sublime de simplicité. En la regardant de plus près, il avait remarqué qu'un bijou décorait son chignon. Un bijou d'une grande valeur, il le savait. C'était la broche qu'il lui avait offerte. Elle l'avait transformée en une tiare moderne.

Depuis, chaque fois qu'il voyait une nouvelle photo d'elle, il cherchait l'araignée et la trouvait immanquablement : sur l'épaule d'une tenue de bal, sur la ceinture de sa robe lorsqu'elle avait rendu visite à un hôpital pour enfants, et même sur une casquette lorsqu'elle avait encouragé une équipe de sport nationale. C'était souvent son seul bijou : elle s'en servait pour lui envoyer un message.

*Je suis encore là, et je t'aime toujours.*

Peu importait. Un jour, elle se lasserait, et il saurait qu'il avait pris la bonne décision.

En attendant, les réformes allaient bon train. Violetta avait annoncé, sans attendre l'avis de ses ministres, un référendum sur l'avenir du pays. Le peuple avait voté pour transformer le régime en monarchie parlementaire, dont elle resterait dirigeante, avec des pouvoirs limités et contrôlés par une assemblée. Sa sœur était rentrée au pays, accompagnée de son mari et d'un petit garçon. Son oncle, en exil, avait publié un livre rempli de fiel. Léo avait aussitôt fait savoir, dans toutes les chancelleries, que quiconque l'inviterait ou serait vu en sa présence aurait à en subir les conséquences. Et personne ne voulait contrarier l'homme qui dirigeait un pays aussi riche que Grimentz.

Sans réfléchir, Léo plongea dans un couloir latéral et se dirigea vers la suite Elisabetha. La pièce était en ordre, pimpante, comme si sa propriétaire venait juste de la quitter. Mais quelle propriétaire ? Le pays était toujours sans princesse.

S'approchant de la fenêtre, il laissa son regard s'évader vers San Nicolo, éclairé par un beau soleil de mai de l'autre côté du lac Sérénité. Le palais ducal n'était pas visible d'ici, mais l'étendard de Violetta se remarquait, flottant sur plusieurs bâtiments. À défaut de pouvoir aider le duché directement, Léo avait usé de son influence pour convaincre de nombreux investisseurs de s'intéresser à San Nicolo. Selon ses sources, le retour à l'équilibre financier ne serait l'affaire que de quelques années. Le rapprochement entre les deux pays, initié par la tempête, se poursuivait chaque jour, et les mariages n'étaient plus rares entre habitants des deux nations. De nombreux bébés verraient bientôt le jour.

La mine sombre, Léo se détourna de la fenêtre. Jamais il n'aurait cru désirer, un jour, un enfant. Pas un héritier, un enfant. Et pas n'importe quel enfant, celui de Violetta. Bien sûr, cela n'arriverait jamais. Il ne redonnerait pas à quelqu'un le pouvoir de le faire souffrir.

Ce soir, le Bal de mai aurait lieu. Les habitants de San Nicolo y étaient conviés, en remerciement pour leur aide après la tempête. La grande-duchesse serait là. Après dix mois, ils allaient enfin se revoir. Quelle meilleure occasion de tirer un trait sur le passé ? Il s'apercevrait peut-être qu'il n'éprouvait plus rien pour elle.

D'un pas résolu, il quitta la suite Elisabetha. Il n'en refranchirait pas le seuil, se promit-il, avant de s'être trouvé une princesse.

Il était temps d'aller de l'avant.

# 12.

Léo avait essayé trois smokings et les avait refusés. Même son majordome ne savait que faire. La coupe n'allait pas, ou les épaules, pas assez noir, trop noir.

— Trop noir ? rétorqua Matteo, le dévisageant avec stupeur. Dois-je vous rappeler que c'est un smoking ?

— J'ai l'air austère. Inapprochable. Et mon smoking blanc ?

Matteo pinça les lèvres, visiblement offensé.

— Si vous insistiez pour porter une tenue blanche ce soir, vous trouveriez ma démission demain matin sur votre bureau. Je n'aurais pas le choix.

— De quel faux pas vestimentaire nous menace-t-il ce soir ? s'enquit Seb, entrant dans la pièce, vêtu d'un smoking blanc.

Léo leva les mains d'un geste exaspéré.

— Je veux juste quelque chose qui m'aille, grommela-t-il.

— Les trois smokings que vous avez rejetés cochent cette case.

*Bon sang,* songea Léo, *je suis en train de devenir fou.*

Il saluerait Violetta, danserait avec elle, comme l'exigeait le protocole, puis passerait à ses autres invités. C'était aussi simple que cela.

— Qu'est-ce que tu fais ici ? demanda-t-il à Seb, qui se servait un brandy.

— J'ai quelques instants à tuer avant d'aller chercher

ma cavalière. Et je voulais te faire un compte rendu de ce gala caritatif à Cannes.

Le gala même pour lequel il s'était décommandé en dernière minute, envoyant son cousin à sa place afin de ne pas voir Violetta.

— Pas besoin de compte rendu, merci.

— Tu ne veux pas savoir comment elle va ? Ou ce que j'ai découvert ?

Si, il en mourait d'envie…

— Pas particulièrement, répondit Léo, faisant mine de choisir une paire de boutons de manchette. Mais, vu que tu vas me le dire quand même, je t'écoute.

— Elle travaille énormément, elle a perdu du poids, et elle semble très attachée à une broche en forme d'araignée qui ressemble étonnamment à une pièce du trésor royal de Grimentz.

Léo se figea. Elle avait perdu du poids ? Elle était déjà minuscule. Quelqu'un veillait-il sur elle ? S'assurait-on qu'elle mangeait assez ? Luisa semblait être une personne de confiance, mais Violetta était têtue.

— Tu lui as brisé le cœur, tu sais, ajouta Seb.

Matteo, qui brossait les smokings, ralentit imperceptiblement l'allure et tendit l'oreille.

— Je lui ai rendu service, répondit Léo, luttant contre la poigne invisible qui se refermait sur son cœur. L'affaire aurait mal fini.

— Donc deux personnes qui sont faites l'une pour l'autre et vivent dans deux pays différents, c'est une fin heureuse ?

— Je ne te savais pas si sentimental, ironisa Léo.

— Tu l'aimes, rétorqua son cousin. Tout le monde le sait, sauf toi. Ou alors tu le sais aussi, ce qui rend tes actes encore plus inexcusables.

Seb s'approcha du majordome tout en parlant, puis désigna l'un des smokings.

— Son Altesse portera celui-ci. Il est parfait.

— C'est également mon choix, répondit Matteo. Votre Altesse, si vous voulez bien l'enfiler sans plus tarder… Vous avez entendu le prince Sébastien. Vous ne voudriez pas arriver en retard au bal que vous donnez ?

Bougonnant, Léo saisit la veste et l'enfila.

— Depuis quand êtes-vous devenus aussi autoritaires, tous les deux ?

— Depuis que tu as invité tout San Nicolo et sa grande-duchesse, et que tu es incapable d'aligner deux phrases cohérentes.

— C'est faux. J'ai été… Il se trouve que… Il m'a fallu…

Sur un éclat de rire, Sébastien termina son verre et se dirigea vers la porte.

— Matteo, je le laisse à vos bons soins. Je vais chercher Violetta à son hôtel.

— Violetta ? répéta Léo, sourcils froncés.

— Je ne te l'ai pas dit ? Elle m'a demandé de l'accompagner ce soir. J'espère que ça ne te dérange pas.

Violetta développait-elle des sentiments pour son cousin ? se demanda Léo, presque malade à cette idée. Seb n'était pas disponible. Son cœur était pris, même si lui aussi se refusait à l'admettre – chacun ses démons.

Non, il ne la laisserait pas se fourvoyer avec lui. Il la protégerait, parce qu'il ne voulait pas la voir souffrir. Ce n'était pas, cela ne pouvait pas être, parce qu'il l'aimait.

Sous la lumière de la lampe, l'araignée brillait de mille feux. Le bijou, ce soir, avait un rôle bien particulier à jouer. Restait à espérer que le plan que Violetta avait échafaudé avec Seb fonctionnerait. La jeune femme referma les doigts dessus puis, de sa main libre, lissa sa robe sur ses hanches : un simple fourreau de soie ivoire, tout juste agrémenté de deux volants diaphanes.

Quelques coups furent frappés à la porte, et Luisa parut pour annoncer le prince Sébastien. Il entra quelques instants plus tard, étudia Violetta de la tête aux pieds et lâcha un sifflement admiratif.

— Grande-duchesse, tu es magnifique.

Malgré elle, Violetta s'empourpra.

— Tu n'es pas mal non plus.

— Oh ! je ne suis que le pauvre cousin. Attends de voir Léo.

— Dans quel état d'esprit est-il ?

— Irritable, pompeux et insupportable. Et très charmeur. Mais… où est-elle ?

— Tu parles de ça ? demanda Violetta, ouvrant la main sur l'araignée et son ventre d'opale. Et si mon plan ne marche pas ? Si je n'arrive pas à le faire changer d'avis ?

D'un doigt, Seb lui redressa le menton.

— Dans ce cas, la grande-duchesse de San Nicolo poursuivra sa route, la tête haute, et éclipsera par sa beauté toutes les autres invitées du bal, qui n'auront plus que leurs yeux pour pleurer.

— Il n'y a pas à dire, tu sais comment réconforter une femme.

Seb sourit, puis patienta tandis que Luisa fixait l'araignée dans le chignon de Violetta. Il étudia le résultat d'un œil critique avant de hocher la tête et de lui offrir son bras.

— C'est parfait. Tu es prête ?

— Autant que je puisse l'être…

Elle prit une profonde inspiration, posa la main sur le bras de Sébastien, puis acquiesça.

— Allons-y.

Des milliers de personnes assistaient au bal, donné cette année en remerciement de l'aide fournie par San Nicolo après la tempête. Une foule dense peuplait les rues, les places où montaient, depuis divers stands en plein air, de délicieuses odeurs de cuisine. Les balcons étaient parés de drapeaux et de guirlandes lumineuses. Même la forteresse qui dominait la ville s'était départie de son austérité naturelle grâce au spectacle de son et lumière qui en colorait les façades.

Plus loin, le lac était couvert de bateaux, certains attachés entre eux pour permettre aux fêtards, aux plats, aux bouteilles de vin, de circuler de l'un à l'autre. Partout, il y avait de la musique.

Violetta, tandis qu'elle gagnait le lieu de la fête en compagnie de Seb, étudiait ce spectacle avec un sentiment de satisfaction. Les peuples des deux pays se mêlaient dans une atmosphère d'allégresse, de reconnaissance, d'excitation pour ce que leur réservait l'avenir.

La responsable du Protocole émergea de la foule et s'avança vers eux, un sourire aux lèvres. Matteo, le majordome de Léo, l'accompagnait.

— Votre Altesse, permettez-moi de vous complimenter, s'exclama ce dernier. Vous êtes radieuse. Et cette tenue… Un plaisir pour les yeux.

— Merci, Matteo. De votre part, c'est doublement flatteur.

— Tout est en place, l'informa Hélène, conformément à vos instructions. Nous attendons votre signal.

Le cœur battant, Violetta parcourut l'assemblée du regard. Léo n'était nulle part en vue.

— Il faudra encore qu'il accepte, murmura-t-elle.

— Dans le cas contraire, je lui remettrai ma démission immédiate, déclara Matteo.

— Non, répondit Violetta en riant. Vous êtes trop attaché à lui pour démissionner.

— C'est une tragédie, soupira le majordome. Il a beau tout faire pour se rendre insupportable, il est impossible de ne pas s'attacher à lui.

— Parlez pour vous, grommela Seb. Ces dix derniers mois ont mis ma patience à rude épreuve.

Soudain, la voix de Léo se fit entendre. Il saluait des invités qui s'écartèrent bientôt pour lui laisser le passage, et Violetta crut que son cœur allait s'arrêter lorsqu'elle le vit. Son smoking soulignait sa carrure athlétique, mais il semblait plus mince encore, plus sombre. Ses cheveux avaient poussé et bouclaient sur son col. Il portait même un début de barbe, dont l'aspect sauvage contrastait avec l'élégance de sa tenue.

Elle sentit sa gorge se serrer à ce spectacle. Et si elle essayait de parler et n'y parvenait pas ? Elle se força à inspirer, plusieurs fois – risquait-elle l'hyperventilation ?

— Grande-duchesse, fit la voix de Seb.

Bon sang, et si elle s'évanouissait ? Quelle humiliation…

— Violetta ! fit son cavalier d'une voix plus forte. Si ça ne te dérange pas, j'aimerais bien conserver l'usage de mon bras après ce soir…

Avec un sursaut, elle baissa les yeux vers sa main, crispée telle une serre sur la manche de son compagnon.

— Je suis désolée ! C'est juste que…

— Je sais. Mais détends-toi ! Crois-moi, tout va bien se passer.

Violetta acquiesça, même si elle était sûre du contraire.

# 13.

Léo n'avait d'yeux que pour Violetta. Il savait exactement quand elle était arrivée, et n'avait pas depuis cet instant perdu de vue la silhouette en robe ivoire qui se mêlait à la foule. Elle était plus belle encore, si c'était possible, que dans son souvenir. Sur n'importe qui d'autre, sa robe aurait pu ressembler à un sac mais, portée par Violetta, c'était une œuvre d'art. Sa fiancée s'était transformée en déesse, et il était à deux doigts de tomber à ses pieds pour la vénérer.

Léo prenait maintenant conscience de son erreur. La voir en compagnie de Seb était insupportable, même s'il savait pertinemment que son cousin ne le trahirait jamais. Il en éprouvait une jalousie telle qu'il songea un instant à tourner les talons et à quitter la soirée. Par chance, sa raison prévalut. Il ne pouvait pas abandonner son peuple.

Il se dirigea vers elle d'un pas décidé, afin d'en finir au plus vite avec leurs retrouvailles. Un rugissement lui emplissait les oreilles. Malgré la brise qui montait du lac, un filet de sueur lui coula dans le dos.

Puis ils se firent face. Léo fixa Violetta comme un affamé un banquet, avant de se forcer à parler.

— Bonsoir, grande-duchesse.

— Bonsoir, Votre Altesse.

Il prit la main qu'elle lui tendait et se pencha, claquant des talons.

— Merci de vous joindre à nous ce soir, reprit-il. Comment allez-vous ?

— Euh… bien. Bien, merci.

Léo chercha quelque chose à dire, mais la main de Violetta, sur le bras de Seb, le faisait voir rouge. L'orchestre se mit à jouer au même moment, et il saisit l'occasion pour prendre la main de la jeune femme et la transférer sur son bras à lui.

— Je te l'emprunte, tu veux bien ?

Sans attendre la réponse de son cousin, il ajouta :

— Le bal commence. La grande-duchesse et moi-même devons montrer l'exemple.

À voir le visage de Léo, un spectateur aurait pu croire qu'il se rendait à sa propre exécution. Lorsqu'ils atteignirent le centre de la piste de danse, sur l'une des plus grandes terrasses du château, il prit Violetta dans ses bras. La dernière fois qu'ils avaient dansé ensemble, ils avaient eu de la peine à ne pas se jeter dans les bras l'un de l'autre. Aujourd'hui, Léo semblait presque réticent à la toucher.

— Il est évident que tu négliges ta santé, dit-il sitôt qu'ils se mirent à valser. Tu sautes des repas ou quoi ? Tu n'as que la peau sur les os.

— Merci pour cet aimable compliment, ironisa-t elle, tandis que d'autres couples se formaient autour d'eux.

— Ce n'est qu'une observation d'un monarque à une autre. Tu ne seras d'aucune utilité au duché si tu ne t'alimentes pas correctement.

— Heureusement que tous les von Frohburg n'ont pas oublié leurs bonnes manières. Ton cousin s'est montré charmant.

Léo se raidit de manière visible, avant de rétorquer :

— Si tu as des vues sur lui, sache qu'il n'est pas disponible.

Violetta le dévisagea avec incrédulité. Elle se lamentait sur cet homme depuis des mois et, quand il la revoyait après une si longue séparation, il l'accusait d'en désirer un autre ?

— Je n'aime pas ce que tu suggères.

— J'essayais juste de t'aider.

— En m'insultant ?

— En te conseillant.

— J'ai déjà bien assez de conseillers.

— Qui te diraient la même chose. Fais-moi confiance. Je te suggère juste de choisir quelqu'un d'autre, c'est tout.

— Qui donc, Léo ? Quel parangon de virilité as-tu en tête ?

Léo se rembrunit lorsque son cousin passa près d'eux, tourbillonnant en compagnie d'une brune voluptueuse.

— Je ne sais pas. Quelqu'un d'autre. Pas moi, si c'est ce que tu espères.

— Ce que *j'espère* ?

Violetta avait parlé si fort que plusieurs têtes se tournèrent. Mais elle n'en avait cure. Elle était en colère, et blessée.

— À t'entendre, on pourrait croire que tu es un trophée à conquérir, Léo. Mais ce n'est pas le cas. Le trophée, c'est moi. Et je m'offrirai à une personne de mon choix.

D'un bras, Léo écarta un couple qui menaçait de les percuter, puis l'étudia d'un œil sombre.

— Tout le monde sait que tu es un trophée, et le plus beau qui soit. Tout le monde a assisté à ton ascension, à ce que tu as fait pour ton pays au cours des derniers mois. Qui ignore encore que tu es une femme extraordinaire ?

— Toi, apparemment. Sans quoi, tu ne m'aurais pas laissée partir.

Sans rien ajouter, elle le relâcha et fendit la foule des danseurs.

— Mais où vas-tu ?

— Le plus loin de toi possible.

— Je n'ai pas fini…

— Crois-moi, tu n'as plus rien à dire que j'aie envie d'entendre.

Parvenue en bordure de piste, elle dévala un escalier, le prince de Grimentz sur les talons. Elle trouva refuge sous une pergola couverte d'une glycine odorante, avant de s'apercevoir que l'endroit était déjà occupé par un garde du royaume et une doctoresse qu'elle connaissait, et qui travaillait à l'hôpital de San Nicolo. Elle n'eut pas le temps de s'excuser que Léo déboula à son tour.

— Nous désirons être seuls, déclara-t-il sèchement aux deux tourtereaux, qui s'envolèrent après une révérence hâtive.

— Tu ne pouvais pas les laisser tranquilles ? s'emporta Violetta. Je n'ai pas envie de te parler.

L'air buté, le prince croisa les bras sur son large torse.

— Je veux que tu comprennes que Seb n'est pas fait pour toi.

— Je me moque de Seb ! Même s'il est bien plus charmant que toi et moins autoritaire, et qu'il se prend bien moins au sérieux.

— Qui insulte qui, maintenant ?

— Si je t'insulte, c'est que tu le mérites.

Soudain épuisée, Violetta se laissa tomber sur un banc de pierre. Les pans de sa robe accompagnèrent son mouvement d'un froissement indigné.

— Et dire que j'attendais cette soirée avec tant d'impatience.

— Moi, j'espérais juste y survivre.

Elle leva les yeux vers lui, intriguée.

— Comment ça ?

Sourcils froncés, mâchoire butée, Léo fixa une jarre de terre cuite en silence.

— Tu m'as brisé le cœur, tu sais, murmura Violetta.

— C'est ce qu'on m'a dit.

— C'est tout ce que ça te fait ?

— Je n'avais pas le choix.

— Pourquoi ?

— Parce que je l'aurais brisé tôt ou tard. Je ne peux pas t'offrir ce que tu veux.

— Et qu'est-ce que je veux ?

— Tu le sais très bien. L'amour.

— Léo, tu te comportes *déjà* comme un homme amoureux. Je sais que tu t'es servi de ton influence pour m'aider.

— J'aurais fait de même pour n'importe qui.

— Vraiment ? Il paraît que tu as fait ostraciser mon oncle, après cet horrible livre qu'il a publié, où il accuse ma famille de tous les maux du duché.

De nouveau, son compagnon serra les mâchoires et garda le silence.

— Merci, soupira Violetta.

Il se tourna vers elle, presque surpris, parut vouloir dire quelque chose et se ravisa.

— Peu importe. L'amour ne sied pas à des gens de notre rang.

— J'ai plein de contre-exemples.

— Très bien. Alors disons que l'amour ne m'intéresse pas.

— Parce que tu as peur. Reconnais-le, Léo.

— Si c'est le cas, maugréa-t-il enfin, je vivrai avec. Ça ne change rien à l'affaire.

*Oh-oh.* Touchait-elle au but ? Venait-il de révéler une faille dans son armure ? Il dut en prendre conscience, car il se raidit encore plus.

— Tu es donc heureux dans ta forteresse ? reprit Violetta. Tout le monde affirme le contraire. On dit que tu n'es plus le même depuis mon départ.

Bras croisés, Léo déplaça son regard noir sur un innocent buisson de roses.

— Il ne faut pas croire tout ce que tu entends.

— Tu nies donc ? Je ne t'ai pas manqué ?

— J'ai été extrêmement occupé.

— Ce n'est pas une réponse.

— Il faudra t'en contenter.

— Ah, mais tu me connais, je me contente rarement de ce qu'on m'offre. Je prends donc les choses en main, que tu le veuilles ou non. Je vais t'expliquer ce qui va se passer, afin que tu mesures bien les conséquences de tes choix. Je veux des enfants. De toi, idéalement. Mais je ne t'attendrai pas davantage. Si tu me laisses partir maintenant, je leur trouverai un autre père. La dynastie doit continuer, ne serait-ce que comme symbole, pour San Nicolo.

Léo baissa les yeux vers elle, sourcils froncés.

— Il y aura donc un autre homme dans ma vie. Un homme qui me touchera. Intimement. Je te laisse imaginer la chose, et te rappelle que tu ne supportes même pas que ton cousin m'approche.

Le prince resta silencieux, un muscle de sa mâchoire saisi de contractions nerveuses.

— Depuis ton château, tu vois mon étendard, renchérit-elle. Tu sauras donc quand je suis à la maison, avec mon mari, et tu sauras exactement ce que nous faisons, soir après soir.

— Violetta, gronda-t-il. Tais-toi…

— Il m'embrassera, me caressera, partout. Et tu sais à quel point j'aime ça, n'est-ce pas ? Je te pose la question : qu'y a-t-il de plus effrayant ? Ce qui te fait peur maintenant, ou ce qui t'attend quand j'en épouserai un autre ?

Sans attendre sa réponse, elle posa ses mains sur son

torse. Il tremblait comme un animal après une longue course.

— Et lorsque mon enfant naîtra, une fille ou un garçon, et qu'il ressemblera à son père, que ressentiras-tu ?

— Violetta, répéta Léo, d'une voix alors presque désespérée. Arrête…

— Non, Léo. Je n'arrêterai pas. Nous nous aimons, le monde entier le sait, et je veux que tu arrêtes de le nier.

Cette fois, Léo ne put s'en empêcher. D'un doigt, il effleura la broche en forme d'araignée dans ses cheveux.

— Tu la portes tout le temps…

Deux yeux noirs comme la nuit se levèrent vers lui, brûlant de toutes ces émotions qu'il s'efforçait de réprimer.

— Tu dois savoir pourquoi, non ?

— Tu me fais savoir que tu m'aimes encore…

— Oui.

Elle semblait si sûre d'elle. Comme il l'enviait…

— Mais si nous n'y arrivons pas ? Si nos devoirs viennent tout gâcher ?

— Léo, je viens de sauver mon pays de la banqueroute. Toi, tu as rebâti le tien après l'une des pires tempêtes de l'Histoire. Alors ne me dis pas qu'il sera difficile de coordonner nos emplois du temps.

— Mais si je n'arrive pas à te rendre heureuse ? Si quelque chose s'est brisé en moi, dans mon enfance ? La capacité à aimer ?

Les mains de Violetta se déployèrent sur son torse, infusant en lui une extraordinaire sensation de chaleur. Puis elle posa l'oreille contre son torse. Elle n'avait pas de mal à percevoir son cœur – n'importe qui dans un rayon de dix mètres aurait pu l'entendre.

— Rien de cassé là-dedans, décréta-t-il. Je te confirme

que tout fonctionne. J'ai fait partir ma mère parce que je ne l'aimais pas assez. C'était ma faute.

Avec ferveur, presque brutalement, Violetta encadra son visage.

— Premièrement, ta mère ne cherchait pas à être aimée. Elle voulait être adulée. Et, deuxièmement, elle est partie à cause de ton père, qui était bien trop couard pour l'admettre et préférait t'en faire porter la faute.

— Mais aucun des deux ne m'aimait. Je ne suis pas quelqu'un qu'on aime, Violetta.

Là, il l'avait dit, enfin : la peur qu'il avait enfouie profondément en lui, depuis longtemps, et qui plongeait ses racines néfastes dans son âme.

— Tu penses… tu penses m'aimer maintenant, reprit-il d'une voix brisée, mais tu changeras d'avis…

Violetta lui caressa la joue, un sourire aux lèvres.

— Oh non, mon amour, tu ne débarrasseras pas de moi aussi aisément. Je t'aimerai toujours. Et beaucoup de gens t'adorent, malgré tes efforts pour les repousser : Seb, Matteo, ton peuple. Et ta grand-mère, quand elle était parmi nous. Nous ne pouvons pas nous empêcher de t'aimer, parce que tu es un homme bien.

La gorge de Léo, à ces mots, se serra. Leurs étendards flottaient au-dessus de leurs têtes, côte à côte. Sur les terrasses du palais et dans les rues, leurs peuples se mêlaient. Ne pouvait-il faire de même ? Il n'était ni son père ni sa mère. Il avait servi son peuple, avait été un frère pour Seb, avait abandonné ses prétentions quant à San Nicolo. Et si Violetta avait brisé les limites que lui avait imposées sa famille, pourquoi pas lui ? Comment pouvait-il laisser partir une telle femme ? La jeter dans les bras d'un autre ? Oh non, jamais !

— Tu n'auras des enfants avec personne d'autre que moi, gronda-t-il en l'attirant contre lui.

Elle était si mince, si fragile… Pourtant, elle était son roc. Il l'attira à lui, l'assit sur ses genoux et posa son front contre le sien.

— Tu as raison, depuis le début. Ma vie n'est rien sans toi. Je t'aime. Épouse-moi. Sauve-moi.

Avec un soupir, Violetta noua ses bras autour de son cou.

— Oui, Léo. Bien sûr que oui. Je n'attends que ça.

Du bout des doigts, elle joua avec les boucles qui tombaient sur son col et reprit :

— Je ne suis pas la seule à avoir négligé mon bien-être. Nous nous sommes bien occupés de nos pays respectifs, prenons un peu soin de nous, maintenant. Quant aux défis de l'avenir, nous les affronterons un par un, jour après jour. Nous pouvons vivre ici, ou là-bas, et simplement aller travailler en bateau de l'autre côté du lac !

— Je me moque de l'endroit où je vis, tant que c'est avec toi.

Ils scellèrent cette promesse d'un long baiser.

Lorsqu'ils revinrent sur le chemin, main dans la main, Seb les attendait. Derrière lui, Matteo et Hélène patientaient eux aussi.

— Enfin, soupira Seb en avisant leur sourire.

— Nous procédons donc comme prévu, madame ? demanda Hélène.

— Comme prévu, confirma Violetta.

— Très bien. Je demande au chef d'apporter le gâteau.

— Votre valise est prête, annonça Matteo à Léo. Je la fais descendre.

— Gâteau ? Valise ? Mais que se passe-t-il ?

Violetta prit ses deux mains dans les siennes et lui adressa un large sourire.

— Eh bien, je pensais que nous pourrions nous marier.

— Maintenant ?

— Oui, maintenant. Avec nos deux peuples pour

témoins. Ton archevêque est là, et tous les documents que nous aurions dû utiliser en juillet dernier sont toujours valides.

— Tu as comploté tout ça ?

— Tu ne m'en veux pas, dis ?

En guise de réponse, Léo l'attira à lui et l'embrassa.

— Si nous faisons ça maintenant, je dois récupérer quelque chose au palais.

Il fit un pas pour s'éloigner, puis se retourna et dévisagea la jeune femme d'un air anxieux.

— Tu seras toujours là à mon retour, n'est-ce pas ?

— Je te l'ai dit : je serai toujours là pour toi.

Les invités s'étaient rassemblés autour la piste de danse, occupant le moindre espace disponible. Nobles et roturiers se pressaient, tentant de s'assurer la meilleure vue. Léo faisait les cent pas en bordure de la piste, devant le dais fleuri qui avait été érigé sous la direction d'Hélène et que surveillaient quatre gardes en livrée. L'archevêque y attendait patiemment le début de la cérémonie.

Puis sa fiancée parut. Léo crut que son cœur allait s'arrêter lorsqu'elle s'approcha de lui, comme nimbée de lumière, un bouquet de roses fraîches dans les mains. Sa nervosité s'évanouit lorsqu'elle lui prit le bras. Il sut, en cet instant, qu'il avait fait le bon choix.

La cérémonie était retransmise sur tous les écrans des deux pays, ainsi que sur les remparts du château. Les habitants de Grimentz et de San Nicolo furent tous témoins de leur union.

Lorsque l'archevêque demanda, « Violetta, acceptez-vous de prendre cet homme pour époux ? », son « oui » fut accueilli par une gigantesque clameur. Quand Léo fit de même, des klaxons et des cornes de brumes montant du lac s'ajoutèrent aux exclamations de joie. L'archevêque dut attendre quelques minutes avant de reprendre. Sur un signe de lui, Seb avança et ouvrit la main. Deux alliances reposaient sur sa paume, celles-là mêmes qu'ils avaient commandées presque un an auparavant. Lorsque les mariés les eurent échangées, Léo tira un autre bijou de sa poche.

— Ta bague de fiançailles…

Du pouce, il caressa l'émeraude montée sur un anneau d'or, sertie d'un diamant à chaque angle, et la lui passa. Ils furent déclarés mari et femme, une cacophonie joyeuse éclata, puis des feux d'artifice illuminèrent le ciel. Léo ne vit ni n'entendit rien de ce spectacle, trop occupé à embrasser son épouse.

On servit le champagne, et le gâteau parut. Léo s'émerveilla du travail effectué par ses pâtissiers, une construction de cinq étages qui reproduisait les blasons de Grimentz et de San Nicolo. Un garde lui présenta son sabre pour entamer la découpe.

Une heure plus tard, les deux époux descendirent dans la cour du château. Une Ferrari rouge les attendait, décorée d'un panneau « Jeunes mariés ». Seb se tenait à côté, les clés pendant de son doigt.

— Essaie de ne pas la mettre dans le fossé, cette fois.

— Ce n'était pas un fossé, rétorqua Léo d'un air outré, mais un nids-de-poule.

— Ne t'en fais pas pour ta voiture, intervint Violetta. Je suis avec lui, maintenant. Je m'assurerai qu'il conduise prudemment.

Léo au volant, ils se dirigèrent vers la sortie de la ville, discrètement suivis par une équipe de gardes du corps.

— J'ai une surprise pour toi, moi aussi, déclara Léo. J'ai fait ce que tu m'as conseillé et j'ai rouvert le château

Elisabetha. Je n'y suis pas retourné, mais je pensais que nous pourrions entamer notre lune de miel là-bas.

La route avait été réparée depuis la tempête, goudronnée jusqu'à l'entrée de la propriété. Lorsqu'ils franchirent le portail et que le château apparut, Violetta retint une exclamation de stupeur. Des lanternes étaient posées sur les marches du perron. Le spectacle se prolongeait à l'intérieur, par des bougies le long de l'escalier. Un trajet de lumière les mena à la chambre principale, où une bouteille de champagne les attendait.

— Oh ! Léo, c'est absolument parfait. Qui soupçonnerait qu'un tel romantique se cache derrière cette façade intimidante ?

— Justement, souffla Léo en la poussant vers le lit, personne d'autre que toi ne doit le soupçonner…

Un peu plus tard, tandis que Violetta dormait contre lui, poussant de petits soupirs de contentement dans son sommeil, Léo parcourut les premières photos de la cérémonie qui circulaient déjà sur Internet. L'une, en particulier, retint son attention.

Violetta et lui se tenaient sur la terrasse principale, d'où ils saluaient la foule en contrebas. Léo avait une main levée, l'autre sur la taille de son épouse. Il regardait les gens, mais la jeune femme le regardait, lui. Et son visage était pure adoration.

— Que se passe-t-il ? demanda Violetta, ouvrant un œil au même moment. Tu fais une drôle de tête.

— Ce n'est rien, murmura Léo en l'embrassant sur le front. Rendors-toi.

— Oh ! non. Ce n'est pas comme ça que nous fonctionnons.

Elle se pencha sur lui, alluma la lampe de chevet et se tourna vers lui.

— Dis-moi.

Elle l'étudiait d'un air anxieux, mais il lui prit la main pour admirer l'émeraude qui scintillait à son doigt.

— Elle te plaît, alors ?

— Tu changes de sujet.

Il se mit à rire, puis acquiesça.

— Temporairement. Réponds juste à ma question si tu veux bien.

— Bien sûr qu'elle me plaît.

— Elle vient de la même collection que ta tiare.

— Celle de la farouche Elisabetha ?

— Oui, mais je ne t'ai pas tout dit d'elle.

— Tu vas m'apprendre qu'elle a eu un sort funeste ? Parce que ce n'est pas le genre d'histoire qu'une jeune mariée souhaite entendre pendant sa lune de miel…

— Non, rassure-toi, rien de tel. Elle ne s'est pas mariée par simple sens du devoir. Elle était amoureuse du prince de Grimentz…

Violetta posa une joue sur son torse, et soupira :

— Voilà qui me plaît davantage. Raconte.

— D'après ce que l'on dit, Elisabetha aurait rencontré le prince à la cour de son père, des mois avant ce fameux siège. Il était bourru et renfermé, mais elle a su voir l'homme qui se cachait derrière cette façade et elle est tombée amoureuse de lui. C'est pour ça qu'elle l'a épousé, pas juste pour sauver Grimentz.

Il marqua une pause, mais Violetta attendit patiemment, pour lui permettre d'exprimer ce qu'il avait à dire.

— Cette photo de nous deux, prise ce soir… L'amour que j'ai lu dans tes yeux, ta façon de me regarder… Je comprends, maintenant. Je n'ai plus peur. Tu m'aimes vraiment, comme Elisabetha aimait son prince.

Les yeux brillants de larmes, Violetta lui embrassa la paume.

— Je t'aimerai toujours, Léo. Je te l'ai dit mille fois.

— Toujours, répéta-t-il en la couchant sur le lit et en se penchant pour l'embrasser. J'aime le son de ce mot…

# Épilogue

Léo fut le dernier à se coucher. Après avoir éteint les lumières de la cuisine, il passa devant la salle à manger, où la salle était déjà dressée pour le repas de Noël du lendemain. Francesca et Luisa avaient passé la journée à la décorer.

Ce soir, leurs invités avaient partagé un dîner informel, tous rassemblés autour de la table de chêne de la cuisine. Les employés du château s'étaient vu accorder quelques jours de vacances afin de leur permettre de passer les fêtes en famille. Matteo avait fait office de cuisinier et servi un plat de pâtes avec une sauce de sa grand-mère. En guise de dessert, il avait préparé un délicieux tiramisu, d'après une recette qu'il gardait jalousement. La cuisine avait résonné de conversations, d'éclats de rire, une bonne humeur générale que Léo avait étudiée avec émerveillement. Il y avait là deux sœurs qui autrefois ne se parlaient plus (et qui, toutes les deux, l'avaient abandonné devant l'autel), Seb, Matteo, le fils de Francesca et de son garde du corps de mari, et bien sûr Hektor, un croisé malamute et terre-neuve de trois ans qu'ils avaient adoptés.

Léo atteignit l'étage, suivi de près par la grosse boule de poils. Hektor s'arrêta devant la porte du neveu de Léo, le fils de Francesca, qu'il adorait. Il se laissa tomber en travers du seuil – le petit garçon, ce soir, serait bien protégé.

Enfin, Léo entra dans la chambre où l'attendait son épouse.

*Mon épouse.* Le mot l'émerveillait toujours. Violetta se tenait devant la fenêtre, dont elle avait ouvert les rideaux.

— Regarde, murmura-t-elle en tendant la main vers lui, les yeux brillants d'excitation. Il neige.

Au loin, les cloches de la cathédrale Saint-Pierre se firent entendre. Il était minuit.

— C'est Noël, reprit la jeune femme.

Sa nuisette ivoire ressemblait à la robe qu'elle avait portée le soir de leur mariage, et Léo sentit son cœur se serrer. Il ne s'était pas habitué à l'impact physique qu'elle produisait sur lui. Il ne s'y habituerait sans doute jamais, et ne le souhaitait pas. L'amour qu'il éprouvait pour elle l'effrayait encore, car il le mettait en danger en le rendant vulnérable, mais il s'en moquait. Pour rien au moment il ne voulait revenir à sa vie précédente, une existence grise et triste.

Dans les premiers temps de leur mariage, les angoisses étaient revenues, presque oppressantes. Mais Violetta s'en était toujours aperçue, et l'avait ramené à elle d'un baiser et avec des paroles consolatrices. « Tu as le droit d'avoir peur », lui avait-elle dit.

La peur se dissipait, peu à peu, presque éteinte désormais. Lorsqu'il tenait la femme qu'il aimait entre ses bras, comme en cet instant, il se demandait ce qu'il avait redouté.

— Je sais que nous n'échangeons nos cadeaux que demain matin mais, puisque c'est maintenant officiellement Noël, j'aimerais t'offrir quelque chose.

Léo regarda autour de lui, surpris, à la recherche d'un paquet, mais ne vit rien. Un sourire aux lèvres, Violetta lui prit la main, l'embrassa, et la posa sur son ventre. Après une seconde de stupeur, il écarquilla les yeux.

— Tu… Tu veux dire que…

— Oui, Léo, je suis enceinte. Tu vas être père.

Léo attira son épouse contre lui, puis laissa son regard s'évader vers la fenêtre. Dehors, une neige fraîche ouatait le royaume de Grimentz et son duché voisin. Sous le toit du château Elisabetha, sa famille était réunie, en paix pour la première fois, et la femme qu'il aimait attendait un enfant de lui.

*C'est donc ça*, songea-t-il. *C'est donc ça, le bonheur.*

Retrouvez prochainement,
dans votre collection

# AZUR

**Secrétaire ou princesse, d'Emmy Grayson - N°4620**
Enceinte. Clara peine à croire le résultat qui s'affiche en lettres de feu sur son test de grossesse. Quelques semaines plus tôt, elle a perdu la raison entre les bras d'Alaric Van Ambrose et voilà qu'elle doit en assumer les conséquences. Sauf que son amant d'une nuit n'est autre que son patron – un prince de surcroît ! Alors qu'elle se désespère de cette situation inattendue, Alaric lui fait une proposition aussi folle que séduisante : quitter son poste de secrétaire pour devenir sa princesse…

**La trahison d'un Italien, d'Annie West - N°4621**
Dans la suite nuptiale de l'hôtel le plus prestigieux de Rome, Ida rejoint le cœur battant son tout nouvel époux. Et dire que Cesare Brunetti l'a choisie, elle, parmi toutes ces aristocrates qui lui tournaient autour ! Troublée à la perspective de sa nuit de noces avec le sublime héritier, elle déchante quand ce dernier lui révèle tout le mépris qu'il a pour elle. Sans le savoir, Ida s'est unie à l'ennemi juré de sa famille. Et, pour échapper à une vie de souffrance, il ne lui reste plus qu'une option : fuir…

**Scandaleuse nuit au palais, de Maya Blake - N°4622**
Douze ans plus tôt, le cheikh Tahir a failli perdre son trône et son honneur pour une femme. Mais, alors qu'il a tout fait depuis pour l'oublier, voilà que se présente aujourd'hui devant lui Lauren Winchester. La belle a gardé le pouvoir de le troubler, comprend-il aussitôt, avant de se ressaisir. Si Lauren se trouve dans son palais, c'est pour lui demander son aide, or Tahir compte profiter de cet avantage pour clore enfin leur histoire au goût d'inachevé…

**La mémoire des sens, de Rebecca Winters - N°4623**
Luna est bouleversée. Son époux, le prince Rinieri Baldasseri, qu'elle croyait mort à la suite d'un tremblement de terre, est vivant ! Alors qu'elle émerge d'un long cauchemar, un nouveau coup vient la frapper de plein fouet : Rini l'a oubliée. Envolés, leurs moments complices, leurs nuits torrides… Incapable de renoncer à leur bonheur passé, Luna ramène Rini chez eux, au palais de San Vitano, avec l'espoir secret de raviver en lui la flamme de la passion pour que renaissent leurs souvenirs…

**Un dangereux aveu, de Julia James - N°4624**

« Si quelqu'un a une raison de s'opposer à cette union, qu'il parle maintenant ou se taise à jamais. » Les mots du prêtre résonnent dans l'église médiévale italienne, tandis qu'Ariana se lève pour interrompre la noce. Face à une assistance médusée, elle révèle alors attendre un enfant de Luca Farnese, le futur marié ! Le scandale est immédiat, retentissant, mais il paraît moins dangereux à Ariana que le regard noir de l'homme qui fut son amant avant d'être son ennemi…

**Une alliance avec Gianni Renzetti, de Lynne Graham - N°4625**

Leur alliance sauverait Josephine de la ruine, et son ami d'enfance du scandale. Doit-elle néanmoins accepter d'épouser ce dernier ? Certes, Gianni Renzetti lui permettrait de conserver le domaine familial de Ladymead, mais il n'est pas un homme pour elle. Depuis toujours, il conquiert le monde et les femmes, tandis qu'elle aspire à une vie calme et rangée. Hélas, Josephine est dans l'impasse. Comment pourrait-elle dire non à Gianni alors qu'il tient entre ses mains son avenir… et son cœur ?

**La belle et le ténébreux, de Clare Connelly - N°4626**

Depuis six ans, Thirio Skartos mène une vie de reclus, au sein de son château perdu dans les Alpes. Ainsi coupé du monde de débauche dans lequel il s'est perdu autrefois, il espère expier ses fautes. Jusqu'au jour où la tentation vient frapper à sa porte, sous les traits d'une délicate créature prénommée Lucinda. D'abord furieux d'être dérangé dans son antre, il ne peut s'empêcher d'être séduit par la belle. Au point de rompre son vœu de solitude pour explorer avec elle le désir qui les pousse l'un vers l'autre…

**Le milliardaire sans limites, de Lucy King - N°4627**

SÉRIE : *LES FILS PERDUS D'ARGENTINE* - 3/3

*Il n'a aucune limite. Elle n'aura aucune échappatoire…* Le milliardaire Max Kentala joue selon ses propres règles et ne laisse personne se mettre en travers de son chemin. Aussi est-il d'abord méfiant à l'égard de la détective privée qui débarque dans son existence pour lui révéler le mystère de ses origines. Pourtant, seul avec la tenace Alexandra Osborne aux Caraïbes, il sent le désir le gagner et sa raison fléchir. Et, bientôt, Max ne songe plus qu'à conquérir la belle intruse…

## Le yacht de la passion, de Tara Pammi - N°4628

SÉRIE : *RELATIONS PRIVÉES* - 3/3

Après avoir fui un mariage forcé, Clare trouve refuge… sur un yacht. Comme si la situation pouvait être pire, elle découvre que le propriétaire du luxueux bateau n'est autre que Dev Kohli, le milliardaire avec lequel elle s'est abandonnée à la passion autrefois. À mesure qu'elle vogue à ses côtés vers une destination paradisiaque, Clare se demande si en échappant à son destin elle ne s'est pas exposée à un danger plus grand encore – celui de tomber amoureuse d'un homme avec qui elle n'a aucun avenir…

## Liaison grecque, de Jennifer Faye - N°4629

Depuis leur rencontre, Adara et Krystof entretiennent une liaison torride – et sans engagement. Mais Adara finit par se lasser de ces rendez-vous trop brefs et met fin à leur histoire vouée à l'échec. Jusqu'à ce qu'elle retrouve Krystof sur une île privée grecque, pour y préparer avec lui le mariage de leurs meilleurs amis. Dans ce cadre enchanteur, les derniers vestiges de sa raison s'évanouissent pour laisser libre cours à une passion dévorante…

## L'empreinte du désir, de Heidi Rice - N°4630

Xanthe est troublée : pour récupérer l'héritage qui lui permettra de sauver son entreprise, elle n'a d'autre choix que d'aller à la rencontre de Dane Redmond, son mari, et de lui faire signer une fois pour toutes les papiers de leur divorce… Si l'idée de revoir celui qui l'a brutalement quittée dix ans plus tôt ne l'effraie pas – ne s'est-elle pas affranchie de son joug, en devenant une femme d'affaires accomplie ? –, elle comprend pourtant, lorsqu'elle pénètre dans le majestueux bureau de Dane, que les choses ne seront pas si simples. Car, à la seconde où leurs regards se croisent, elle se sent chavirer de désir…

# PASSIONS

## Rêve. Trahison. Tentation.

Un homme et une femme.
Deux héros que tout oppose.
Ils n'ont rien en commun…
Ils ne croient plus en l'amour…
Ils sont amants… Ils sont rivaux…
Ils n'étaient pas censés s'aimer.
Et pourtant…
Ils vont renouer avec la passion.

**6 livres à découvrir tous les mois.**

DIVERTIR • INSPIRER • ÉMOUVOIR

HARLEQUIN
www.harlequin.f

# RESTEZ CONNECTÉ AVEC HARLEQUIN

## Harlequin vous offre un large choix de littérature sentimentale !

Sélectionnez votre style parmi toutes les idées de lecture proposées !

**www.harlequin.fr**

- **Découvrez** toutes nos actualités, exclusivités, promotions, parutions à venir...
- **Partagez** vos avis sur vos dernières lectures...
- **Lisez** gratuitement en ligne
- **Retrouvez** vos abonnements, vos romans dédicacés, vos livres et vos ebooks en précommande...

**L'application Harlequin**

- Des **ebooks gratuits** inclus dans l'application
- **50 nouveautés tous les mois** et + de 7 000 ebooks en téléchargement
- Des **petits prix** toute l'année
- Une **facilité de lecture** en un clic hors connexion
- Et plein d'autres avantages...

**Téléchargez notre application gratuitement**

Télécharger dans l'App Store

DISPONIBLE SUR Google Play

SUIVEZ-NOUS !

facebook.com/HarlequinFrance
twitter.com/harlequinfrance

# VOTRE COLLECTION PRÉFÉRÉE DIRECTEMENT CHEZ VOUS

Vous souhaitez découvrir nos collections ? Une fois votre 1er colis à prix mini reçu, si vous souhaitez continuer à recevoir nos livres, cela se fera automatiquement. Vous n'avez aucune obligation d'achat et cette offre est sans engagement de durée !

Dans votre 1er colis, 2 livres au prix d'un seul
+ en cadeau le 1er tome de la saga *La couronne de Santina*.
8 tomes sont à collectionner !

**☛ COCHEZ la collection choisie et renvoyez cette page au**
**Service Lectrices Harlequin – CS 20008 – 59718 Lille Cedex 9 – France**

| Collections | Prix 1er colis | Réf. | Prix abonnement (frais de port compris) |
|---|---|---|---|
| ❑ **AZUR** | 4,75€ | AZ1406 | 6 livres par mois 31,49€ |
| ❑ **BLANCHE** | 7,30€ | BL1603 | 3 livres par mois 25,15€ |
| ❑ **LES HISTORIQUES** | 7,30€ | LH1202 | 2 livres par mois 17,69€ |
| ❑ **PASSIONS** | 7,80€ | PS0903 | 3 livres par mois 26,79€ |
| ❑ **BLACK ROSE** | 7,90€ | BR0013 | 3 livres par mois 27,09€ |
| ❑ **HARMONY*** | 5,99€ | HA0513 | 3 livres par mois 20,76€ |
| ❑ **SAGAS*** | 7,99€ | SG2303 | 3 livres tous les 2 mois, 29,46€ |
| ❑ **VICTORIA** | 7,80€ | VI2115 | 5 livres tous les 2 mois 42,59€ |
| ❑ **GENTLEMEN*** | 7,50€ | GT2022 | 2 livres tous les 2 mois 17,95€ |
| ❑ **NORA ROBERTS*** | 7,90€ | NR2402 | 2 livres tous les 2 mois prix variable** |
| ❑ **HORS-SÉRIE*** | 7,70€ | HS2812 | 2 livres tous les 2 mois 18,65€ |

*livres réédités / **entre 18,45€ et 18,85€ suivant le prix des livres

**F23PDFM**

N° d'abonnée Harlequin (si vous en avez un) |_|_|_|_|_|_|_|

Mme ❒ Mlle ❒ Nom : ____________________

Prénom : ____________________ Adresse : ____________________

____________________________________________

Code Postal : |_|_|_|_|_| Ville : ____________________

Pays : ____________________ Tél. : |_|_|_|_|_|_|_|_|_|_|

E-mail : ____________________________________________

Date de naissance : ____________________________________________

**Date limite : 31 décembre 2023.** Vous recevrez votre colis environ 20 jours après réception de ce bon. Offre soumise à acceptation et réservée aux personnes majeures, résidant en France métropolitaine, dans la limite des stocks disponibles. Prix susceptibles de modification en cours d'année. Vous pouvez demander à accéder à vos données personnelles, à les rectifier ou à les effacer. Il vous suffit de nous écrire en nous indiquant vos nom, prénom et adresse à : Service Lectrices Harlequin CS 20008 59718 LILLE Cedex 9. Service Lectrices disponible du lundi au vendredi de 9h à 17h : 01 45 82 47 47.

Harlequin® est une marque déposée du groupe HarperCollins France – 83/85, Bd Vincent Auriol – 75646 Paris cedex 13. SA au capital de 1 149 680€ – R.C. Paris. Siret 31867159100069/APE5811Z.